# Avalanche
# de surprises

# La collection Rose bonbon...
## des livres pleins de couleur, juste pour toi!

# Avalanche de surprises

Jane B. Mason
et Sarah Hines Stephens

Texte français de Louise Binette

Éditions
SCHOLASTIC

Catalogage avant publication de Bibliothèque
et Archives Canada

Mason, Jane B

Avalanche de surprises / Jane B. Mason
et Sarah Hines Stephens ;
texte français de Louise Binette.

(Rose bonbon)
Traduction de: Snowfall surprise.
Niveau d'intérêt selon l'âge: Pour les 9-12 ans.

ISBN 978-1-4431-0922-2

I. Binette, Louise  II. Hines-Stephens, Sarah  III. Titre.
IV. Collection: Rose bonbon (Toronto, Ont.)

PZ23.M3795Av 2011      j813'.54      C2010-905891-7

Édition publiée par les Éditions Scholastic,
604, rue King Ouest, Toronto (Ontario)  M5V 1E1.

5  4  3  2  1      Imprimé au Canada  121      11  12  13  14  15

Sources Mixtes
Groupe de produits issu de forêts bien
gérées et d'autres sources contrôlées.
www.fsc.org  Cert no. SW-COC-002358
© 1996 Forest Stewardship Council

À la généreuse famille Jones,
avec mes remerciements pour tous
les souvenirs au chalet.

— S.H.S

À Nora, Elliot et Oliver,
pour leur bravoure et leur
enthousiasme  sur les pentes.

— J.B.M.

# Table des matières

# Chapitre 1

# Du temps bleu!

*Prévisions pour le Bassin poudreux :*
*Avis de tempête. Neige parfois abondante dans la nuit*
*de jeudi, avec un minimum de - 9 degrés. Vendredi,*
*accumulation prévue de 40 centimètres de neige.*
*Temps dégagé samedi et ensoleillé au début de la*
*semaine.*

*Parfait!* Savanna Hébert relit le bulletin à l'écran de l'ordinateur avant d'appuyer sur le bouton de composition rapide numéro 4 du téléphone de la cuisine.

— Allô?

— Léonie? Tu ne vas pas me croire. Il y a déjà un fond de 3 mètres, et ils reçoivent 40 centimètres de belle poudre au moment où l'on se parle. La piste sera parfaitement damée à notre arrivée là-bas, et ce ne sera que du bleu pour toute la semaine! débite-t-elle sans s'arrêter.

Léonie semble déconcertée.

— Savanna? C'est toi? Quelle langue parles-tu donc?

1

Savanna imagine Léonie plissant ses yeux bleus et fronçant les sourcils. Elle a sans aucun doute repoussé ses cheveux bruns et brillants d'un côté avant de se renfrogner lorsqu'ils sont retombés devant son œil, comme toujours. Léonie déteste être tenue à l'écart de quoi que ce soit, même quand il s'agit de jargon. Mais Savanna est dans un tel état d'excitation qu'elle a oublié que son amie est novice en matière de sports d'hiver; ce sera son premier vrai séjour à la montagne. Savanna doit ralentir et lui fournir une traduction complète.

— Désolée, glousse-t-elle.

Elle pose la jambe sur un tabouret à côté de l'ordinateur familial, arrache un fil sur son jean et reprend tout du début.

— Ce que j'ai voulu dire, c'est que les conditions seront fantastiques! Il y a déjà une bonne base de neige, c'est le fond, et il tombe des flocons gros comme des plumes d'oie à l'heure où l'on se parle. On appelle cette neige fraîchement tombée de la poudreuse, et lorsqu'elle est juste assez tassée pour que ça glisse parfaitement, on dit qu'elle est damée. Selon le bulletin de météo, le temps doit s'éclaircir dimanche. Nous aurons donc de la neige fraîche et un ciel dégagé, et c'est ce que j'appelle du temps bleu. Les conditions seront absolument idéales pour le ski. Ou la planche. Ou la luge. Ou le patinage. Ou...

— Ça va, ça va, j'ai compris, l'interrompt Léonie en riant. Y a-t-il quelque chose que tu n'aimes pas faire dans la neige?

Savanna entortille une boucle de ses cheveux auburn autour de son doigt tout en réfléchissant. Durant les douze premières années de sa vie, elle a adoré tous les sports d'hiver auxquels elle s'est adonnée. Et elle en a pratiqué plusieurs. Sa famille possède un chalet près du lac Turmel; son père y va régulièrement depuis son tout jeune âge. Savanna et son frère aîné, Antonin, passaient les fins de semaine à la montagne avant même de savoir marcher. Selon son père, Savanna a chaussé ses premiers skis à trois ans; sa mère la surnommait « la bambine kamikaze » parce qu'elle aimait descendre en ligne droite et sans bâtons. Et à six ans, elle faisait de la planche à neige. Mais selon son frère, Savanna a passé le plus clair de son temps le visage enfoui dans la neige jusqu'à neuf ans, âge auquel elle a fait suffisamment de progrès pour le semer sur les pentes.

Savanna a du mal à se rappeler avec certitude ce qu'elle faisait à tel ou tel âge. En revanche, elle se souvient très bien des fins de semaines d'hiver passées à glisser, à patiner, à skier et à faire de la planche à neige. De novembre jusqu'au printemps, presque tous les vendredis soirs, les Hébert s'entassent dans leur voiture familiale à quatre roues motrices et se dirigent vers la montagne. Ils rentrent le dimanche soir, fatigués, mais heureux.

La mère de Savanna utilise l'expression «escapades-neige » pour parler de leurs séjours au chalet. Peu importe comment on les appelle, Savanna les adore. Les escapades-neige sont franchement amusantes. Il leur arrive aussi, à l'occasion de la relâche scolaire à la mi-février, de prendre non pas deux jours, mais une semaine complète de congé pour jouer dans la neige. Non seulement profitent-ils alors d'un maximum de temps sur les pentes, mais l'anniversaire de Savanna tombe également à la mi-février, ce qui fait de cette semaine de sports d'hiver une double raison de se réjouir.

— Oh, je sais!

Savanna pense soudain à une chose qu'elle n'aime pas faire dans la neige.

— Rien! lâche-t-elle.

Cela paraît peut-être sarcastique, mais Savanna parle sérieusement. La pire escapade-neige qu'elle a connue a laissé une cicatrice dans sa mémoire. Ça s'est passé l'année dernière en janvier quand il s'est mis à pleuvoir. Il ne s'agissait pas d'une petite pluie fine qui rend la neige glacée, mais plutôt de grosses gouttes épaisses qui sont tombées du ciel pendant deux jours consécutifs, transformant le terrain de jeu de Savanna en un mélange de neige fondue et de boue. Savanna a été confinée dans le chalet avec pour toute distraction des livres datant des vacances d'été des années précédentes.

— Et si euh... « rien » était la seule chose pour laquelle j'étais douée? demande Léonie.

Savanna devine qu'elle essaie de plaisanter, mais

Léonie ne parvient pas à cacher sa nervosité. Étant plutôt intellectuelle, l'amie de Savanna n'a jamais chaussé de bottes de ski ou fait de planche à neige de sa vie. C'est une fille des plaines. Et bien qu'elle adore essayer de nouvelles choses, elle aime aussi avoir du succès dans tout ce qu'elle fait. Savanna sait bien que Léonie craint de ne pas pouvoir les suivre, elle et leur meilleure amie, Élisabeth.

— Léo, ne t'inquiète pas. Tu vas très bien t'en tirer. Souviens-toi qu'Élisabeth n'est pas une experte non plus. Elle a fait du ski quelques fois seulement. Concentre-toi sur tes bagages, et je te montrerai tout ce que tu dois savoir une fois là-bas.

— Faire les bagages, ça me connaît! déclare Léonie avec son enthousiasme habituel. À propos, je ferais mieux de continuer. On se voit demain!

Après avoir raccroché et s'être assurée que le bulletin météo n'avait pas été actualisé au cours des six dernières minutes, Savanna traverse le couloir jusqu'à sa chambre. Elle jette un regard au grand sac de sport violet à motifs chevrons se trouvant sur son lit (elle aussi a commencé ses bagages) et s'empare du chandail sur le dessus de la pile. Le col roulé vert mousse fait ressortir le vert de ses yeux noisette, mais il est affreux avec son nouvel anorak et fait paraître ses boucles auburn plutôt orangées. *Beurk*. Elle le replace sur la tablette de sa penderie et opte plutôt pour un chandail blanc, se demandant pour la vingtième fois si elle oublie quelque chose.

Elle a des chandails et des sous-vêtements isothermes; un pantalon de neige et un anorak; des sous-vêtements et des pyjamas. Elle a déjà mis dans son sac de jolies tenues pour porter au chalet du Bassin poudreux, ainsi que des vêtements ultrachauds au cas où le temps se gâterait sérieusement (ce qui n'est pas rare dans les montagnes). Elle ajoute sur le dessus une paire de gants supplémentaire, des lunettes de soleil et des chaussettes de ski. Puisque la voiture est petite et qu'ils vont très souvent au Bassin, le reste de l'équipement demeure au chalet. Au fait…

— Hé, Antonin! lance Savanna dans le couloir. Est-ce qu'Élisabeth peut emprunter ta planche?

Son frère passe la tête dans l'embrasure de la porte et enlève l'un de ses mini-écouteurs. Sa fausse crête est du même brun roux que les cheveux de Savanna et, bien qu'elle refuse de l'admettre, ils ont tous les deux les mêmes taches de rousseur, le même grand sourire et le même nez retroussé. S'il n'avait pas une bonne dizaine de centimètres et trois ans de plus qu'elle, on pourrait les prendre pour des jumeaux.

— Quoi? demande Antonin d'un ton brusque.

Depuis quelque temps, il prend un air agacé dès que Savanna lui adresse la parole. Apparemment, une fois dépassé le cap des seize ans, avoir une sœur plus jeune c'est un peu comme avoir une gomme à mâcher sous sa semelle. Ou pire encore.

— J'ai dit : est-ce qu'Élisabeth peut utiliser ta planche? répète Savanna plus lentement et plus fort.

— Pas question, répond aussitôt Antonin en lui décochant un sourire forcé.

Savanna conclut que c'est de la pure méchanceté jusqu'au moment où, depuis sa chambre, il lui montre sa planche pour lui indiquer qu'elle est ici, à la maison. Cela signifie probablement qu'il l'apportera avec lui au Vermont, où il passera la semaine avec l'équipe de ski de son école secondaire.

— Merci quand même, dit Savanna en haussant les épaules et en retournant dans sa chambre.

Sans Antonin et sa planche, Léonie et Élisabeth devront louer tout leur équipement. N'empêche que dans l'esprit de Savanna, c'est quand même une situation où tout le monde y gagne.

Victoire n° 1 :     Antonin *ne vient pas* au Bassin poudreux.

Victoire n° 2 :     Léonie *vient* au Bassin poudreux.

Victoire n° 3 :     Élisabeth *vient aussi* au Bassin poudreux!

C'est un coup de chance incroyable. Savanna est bien obligée d'admettre que c'est grâce à Antonin que tout cela est possible. Son voyage de ski avec l'école va permettre à Savanna de vivre un anniversaire de rêve.

Habituellement, avec seulement cinq places dans leur voiture conçue pour une famille de quatre, ni Savanna ni son frère n'ont la permission d'inviter d'amis lors des escapades-neige ou de la semaine de relâche. Savanna n'a rien contre les escapades-neige en famille. Mais la semaine de relâche et son anniversaire sans amies? Elle a souvent fait pression auprès de ses parents pour pouvoir emmener une amie durant le congé de février. Mais ceux-ci ont toujours soutenu que ce ne serait pas juste envers Antonin s'il ne pouvait pas inviter un ami lui aussi. De plus, il n'y aurait pas eu assez de place pour tout le monde. En plus de la limite de cinq passagers dans la voiture, le chalet ne compte que deux chambres à coucher.

Mais cette année, sans Antonin au chalet, Savanna a saisi sa chance et réservé les deux sièges libres. Ce qui est absolument parfait puisqu'elle a deux meilleures amies.

Elle se laisse tomber sur le lit à côté de son sac et appuie sur le bouton de composition rapide numéro 3. Elle porte ensuite l'appareil à son oreille et attend qu'Élisabeth réponde. Le téléphone ne sonne qu'une fois.

— Salut, Savanna. J'en suis déjà aux lunettes de soleil, déclare aussitôt Élisabeth.

Elle fait référence à la liste alphabétique de choses à emporter que Savanna a écrite et imprimée avant de la remettre à ses amies.

— As-tu oublié d'inscrire quelque chose sur la liste? demande-t-elle. Parce que si c'est le cas, dis-le-moi tout de suite. Je vais vite manquer d'espace.

Si Léonie est toujours perdue dans ses pensées, Élisabeth, elle, est une vraie tornade. Elle a plus d'énergie qu'une meute de jack russell terriers et n'arrête jamais de bouger... ni de parler. Quand les trois amies vont au cinéma, Savanna et Léonie s'assurent de ne jamais manquer de gomme à mâcher, question de garder la mâchoire d'Élisabeth occupée. Sinon, elle dirait tout ce qui lui passe par la tête pendant toute la durée du film. Si elles le pouvaient, elles l'attacheraient probablement aussi à son fauteuil pour l'empêcher de gigoter.

— Je ne t'ai pas téléphoné pour t'embêter à propos de la liste, explique Savanna.

Elle a pris soin de vérifier que les instructions qu'elle a remises à ses deux amies lundi étaient bien détaillées.

— Tu n'appelais pas au sujet de la liste? Quoi, tu n'es pas en train de faire tes bagages? On part toujours samedi matin, n'est-ce pas?

Savanna peut presque voir les couettes blond roux d'Élisabeth remuer tandis qu'elle parle. Et elle l'entend clairement faire les cent pas dans sa chambre.

— Bien sûr qu'on part toujours, et j'ai fini mes bagages, alors pas de panique. Je t'appelais pour te dire qu'Antonin a rapporté sa planche à la maison. Il en aura besoin au Vermont.

— Ah, d'accord. Il faudra donc que je paie la location.

— J'en ai bien peur.

— Bof, pas de problème. De toute façon, je ne sais toujours pas si je veux faire du ski ou de la planche. Peut-être que j'essaierai les deux. Pas en même temps, bien sûr, à moins que… Est-ce qu'il y en a qui le font? Peut-être que je vais seulement…

Savanna ne peut s'empêcher de rire.

— Élisabeth! On part une semaine. On pourra faire tout ça! Et on n'est pas obligées de tout faire en même temps, non plus. On peut se concentrer sur une activité à la fois.

— Entendu, dit Élisabeth.

Savanna l'entend inspirer lentement.

— On se revoit demain, O.K.?

— Parfait, répond Élisabeth.

Savanna raccroche, fourre toutes ses affaires dans son sac de sport et s'assoit dessus pour réussir à le fermer. Demain, ce sera le début de la plus belle semaine de relâche de toute sa vie. Au menu : son anniversaire, ses meilleures amies et sept jours de temps bleu!

# Chapitre 2

# De la neige
# à la pelle!

— *Ma vie est un long chemin sans fin...*

Savanna gémit et laisse retomber sa tête contre la banquette de la voiture.

— Papa! Ne chante pas! Tu avais promis.

Son père est tristement célèbre pour son habitude de chanter en voiture et... pour ne pas avoir l'oreille musicale. C'est pourquoi elle lui a fait jurer de ne pas pousser la chansonnette pendant que ses amies seront dans le véhicule. Rien de pire que de vieux succès qui sonnent faux pour donner l'impression qu'un trajet de presque trois heures en dure dix et demie.

— Il faut que ça sorte de mon système, ma chérie, la rassure son père en se garant devant chez Léonie tout en chantant à tue-tête : *Mille après mille je suis triste, mille après mille je m'ennuie, jour après jour sur la route, tu ne peux pas savoir combien je t'aime.* Voilà. C'est fait.

La mère de Savanna réserve à son mari de

chaleureux applaudissements qu'il accepte de bonne grâce, soulevant sa casquette et inclinant sa tête un peu dégarnie.

— Maman, je t'en prie, ne l'encourage pas, supplie Savanna tout bas, les yeux mi-clos.

Léonie va monter dans la voiture d'une seconde à l'autre.

— Navrée, ma chérie. Tu as raison. La dernière chose dont on a besoin, c'est d'un rappel, dit sa mère en lui adressant un clin d'œil.

Elle embrasse son mari sur la joue avant de descendre pour saluer Léonie et l'aider à charger son sac.

— Bonjour, Léonie. Qu'est-ce que tu as là-dedans? Toute une bibliothèque? reprend-elle.

Elle soulève en grognant le sac qu'elle range à l'arrière de la voiture familiale avant de refermer le coffre.

Léonie sourit, repousse la frange qui tombe devant ses yeux et monte dans la voiture.

— Seulement quelques livres, madame Hébert. Au cas où.

Savanna remarque le superbe jean et son joli chandail à capuchon couleur framboise de son amie tandis qu'elle ferme la portière.

— Au cas où quoi? demande-t-elle.

— Au cas où j'aurais beaucoup de temps pour lire, au chalet, répond Léonie en lui lançant un regard de travers sous sa frange.

Elle concentre ensuite toute son attention sur sa ceinture de sécurité alors qu'ils démarrent et se dirigent vers la maison d'Élisabeth.

Savanna tapote le bras de Léonie pour la rassurer.

— Tu racontes n'importe quoi, dit-elle. Écoute, tu apprends vite, et j'enseigne bien. Oh, et n'oublions pas mon ami Éric. Il connaît plein de bons trucs.

— Celui qui habite là-bas?

Léonie repousse ses cheveux d'un coup de tête et, durant une seconde, Savanna peut voir ses deux yeux.

— Oui, celui-là, confirme Savanna avec un grand sourire. C'est un skieur exceptionnel et un excellent planchiste. Il est époustouflant.

— Qui est époustouflant? Qu'est-ce que j'ai manqué? rétorque une voix.

La voiture s'est immobilisée au bout de la rue. Élisabeth a déjà ouvert la portière du côté de Savanna et est penchée à l'intérieur. Elle fait signe à Savanna de se pousser.

Cette dernière s'exécute et lève les mains en signe de capitulation.

— Je précise que j'accepte de m'asseoir au milieu uniquement parce que Léonie n'est encore jamais allée à la montagne et qu'elle mérite une belle vue, mais surtout parce qu'Élisabeth a l'habitude de vomir en voiture.

— Quelle générosité, Savanna, dit Élisabeth en hochant la tête tandis qu'elle enlève son blouson en

13

douce laine polaire rose. D'ailleurs, j'estime que c'est mon devoir de t'informer que tu fais le bon choix.

— Ça, c'est sûr, approuve Léonie, ses yeux bleus pétillant de malice. Vous vous rappelez combien j'ai regretté de m'être assise à côté d'elle la fois où l'on revenait de la Ronde?

Léonie frémit en évoquant ce souvenir, et les trois filles éclatent de rire. Personne n'oubliera jamais ce jour-là. Après sept tours de montagnes russes et deux heures de trajet en voiture, l'estomac d'Élisabeth s'était révolté... partout sur les souliers de Léonie.

Lorsqu'elles cessent enfin de rire, Élisabeth donne un petit coup de coude dans les côtes de Savanna.

— Voilà un cadeau d'anniversaire dont tu te passerais bien.

Tandis que la voiture familiale traverse la vallée, les champs et les centres commerciaux font peu à peu place aux pins et aux paysages montagneux. Sur la banquette arrière, Savanna raconte à ses amies d'un ton animé tout ce qu'elles doivent savoir sur le Bassin poudreux.

— C'est la plus belle station de ski de la région. On l'appelle le Bassin poudreux parce que c'est elle qui reçoit le plus de poudreuse, et qu'elle a la forme d'un bassin géant avec ses versants abrupts.

— Abrupts? répète Léonie.

— Pas très abrupts, Léonie, je t'assure, ajoute Savanna. Il y a plusieurs pistes pour débutants.

Souviens-toi, c'est là que mon ami Éric a commencé à skier à l'âge de deux ans!

— Deux ans? s'étonnent ses amies.

— Oui! Son arrière-grand-père a ouvert la station il y a environ 75 ans, et c'est demeuré une entreprise familiale depuis. Éric a grandi à la montagne. On s'est connus quand j'étais toute petite, alors qu'il est passé à côté de moi comme une flèche sur l'Intrépide, ma première vraie piste intermédiaire. Je me suis lancée à sa poursuite, mais il m'a battue de justesse au bas de la pente. Je crois que c'est à ce moment-là qu'il m'a surnommée « Moustique ».

— Moustique? répète Élisabeth.

Léonie rit.

— Pas vraiment mignon comme surnom, n'est-ce pas?

— Non, mais c'est quand même un compliment parce que c'est un saut très périlleux en planche à neige, insiste Savanna. D'ailleurs, mon ami Hector prétend que la planche que je veux acheter ne convient qu'aux vrais planchistes capables de le faire.

Affichant un large sourire, Savanna se tourne vers la vitre. Plus ils montent, plus la couche de neige est épaisse... À un certain point, elle atteint même le haut des piquets orangés qui bordent l'autoroute pour guider les énormes chasse-neige lors des tempêtes.

Savanna a emprunté cette route si souvent qu'elle la connaît par cœur. Mais le fait que ses amies la voient pour la première fois rend le trajet des plus excitants, et elle savoure à l'avance chaque nouvelle courbe qui approche.

— Je crois qu'on va devoir pelleter, annonce le père de Savanna lorsqu'ils quittent l'autoroute pour emprunter le petit chemin qui mène au chalet.

— Pour construire un fort? demande Léonie.

— Non, pour pouvoir entrer!

Savanna fait des bonds sur la banquette en regardant par le pare-brise. Ils sont enfin arrivés, mais le chalet est presque enfoui sous la neige! Des glaçons pendent du toit, et certains d'entre eux touchent les bancs de neige qui montent jusqu'à mi-fenêtre. Le chasse-neige est passé dans l'allée, mais le trottoir menant à la porte ainsi que l'entrée sont ensevelis sous la neige.

Madame Hébert va chercher la pelle qu'ils gardent toujours dans le coffre de la voiture (on ne sait jamais quand on en aura besoin en terrain montagneux), et se met au travail. Pendant ce temps, les filles enfilent leurs gros anoraks douillets, leurs tuques et leurs gants en poussant des oh! et des ah!.

Une fois qu'elles sont bien emmitouflées, elles prennent chacune l'une des pelles que le père de Savanna a sorties du cabanon, et s'attellent à la tâche. Avec tout ce monde qui déneige, un large passage se dessine bientôt jusqu'au chalet. Ils ont presque atteint la porte lorsque Savanna entend un cri.

— Projectile en approche! lance une voix étouffée.

Savanna aurait dû remarquer que son père avait

disparu. De l'autre côté du chalet, une grosse boule de neige s'élève au-dessus du toit, atterrissant quelque part au milieu du plan incliné au-dessus d'elles et libérant une averse de neige. Savanna bondit en arrière, mais trop tard. Un épais mur blanc glisse sur le toit en métal vert et la recouvre de poudreuse froide. Un tas de neige est en équilibre sur sa tuque à pompon, un petit glaçon s'est glissé dans le col de son anorak, et des flocons lui couvrent même les cils. Toutes les autres ont reculé à temps.

Élisabeth se tord de rire.

— Tu as l'air d'un bonhomme de neige, hoquette-t-elle entre deux éclats de rire.

Léonie et madame Hébert rigolent aussi.

— *D'une bonne femme de neige,* corrige Savanna.

Elle prend une poignée de neige dans son col, la lance vers Élisabeth et l'atteint. Léonie rit de plus belle, et quand Élisabeth décoche une grenade glacée vers elle, elle est prise d'un sérieux fou rire. Quelques secondes plus tard, la neige vole dans toutes les directions.

Distraite, Savanna en avait presque oublié son père. Par chance, elle l'aperçoit du coin de l'œil derrière l'un des pins entourant le petit chalet. Il tente de retourner à la voiture pour se cacher, se déplaçant en catimini d'un tronc d'arbre à l'autre. D'un geste rapide et précis, Savanna lance des boules de neige dans sa direction, touchant la cible à plusieurs reprises. Pris dans un mètre de neige, son père ne peut pas courir. Tandis

17

qu'il s'enfonce de plus belle en essayant de s'enfuir, Savanna appelle ses amies en renfort. Sa mère se joint à elles de bon cœur et, bientôt, complètement couvert de neige, le père de Savanna lève un gant pour indiquer qu'il se rend, allongé dans un banc de neige

— O.K., Frosty, on te laisse partir. Mais c'est toi qui allumeras le feu, annonce la mère de Savanna. Et c'est toi qui finiras de pelleter.

La masse blanche gémit et se relève péniblement, arborant un grand sourire.

— Ça valait le coup, dit-il en s'ébrouant pour faire tomber la neige qui le recouvre.

Il suffit de quelques pelletées de neige de plus, et la porte du chalet est dégagée.

Savanna secoue ses bottes et invite ses amies à entrer.

— Venez, mais gardez vos manteaux. Il fait froid là-dedans.

Elle leur fait visiter les lieux. Le chalet en pin est petit, mais compte un salon, une salle à manger, une salle de bains et une cuisine au rez-de-chaussée, ainsi qu'une autre salle de bains et deux chambres à l'étage. La plus grande des chambres a été surnommée « le dortoir » par les grands-parents de Savanna lorsque le chalet a été construit. Longue et étroite, c'est la chambre préférée de Savanna. Située au premier étage, elle est dotée d'un plafond pentu qui suit la ligne du toit. Des lucarnes font saillie de chaque côté, et des affiches de ski d'époque ornent les murs. La chambre compte deux lits à une place qui appartenaient autrefois à son père et à sa tante Lily (Savanna et Antonin en ont hérité). L'un d'eux est en fait un lit gigogne; on peut faire glisser le lit inférieur au centre pour accommoder une troisième personne.

— Ça alors! C'est vraiment super, dit Élisabeth en laissant tomber son sac sur le plancher en bois franc. Je comprends pourquoi tu adores venir ici.

La plus grande fenêtre donne sur le lac et sur les montagnes enneigées tout autour. Le soleil, qui ne s'est pas montré de la journée, surgit dans une bande de ciel clair entre les nuages et la terre, créant un coucher de soleil si magnifique que même Élisabeth se tait.

Léonie ignore le panorama. Les yeux écarquillés, elle observe plutôt l'une des affiches datant des années 70 où l'on aperçoit un skieur descendant dans les bosses et laissant dans son sillage une gerbe de poudreuse. Le regard fixe, elle se ronge un ongle avec nervosité. Savanna devine à quoi elle pense, et elle voudrait bien la rassurer. Mais avant qu'elle ait pu prononcer un mot, une voix retentit dans le chalet.

— Qui veut du chocolat chaud? lance la mère de Savanna de la cuisine.

Les Hébert sont tellement habitués à la vie de chalet qu'au bout de 20 minutes, ils ont rangé les provisions, ouvert l'eau et vérifié l'état de la tuyauterie. En général, lorsque le lait pour le chocolat est chaud, ils ont déjà allumé le feu et sont prêts à se détendre avant le souper.

Les filles descendent bruyamment l'escalier pour aller chercher leurs tasses de chocolat fumant garni de guimauve, et se blottissent autour du feu. Dans le salon, l'air froid commence déjà à se dissiper.

Savanna enlève son anorak et saisit sa tasse à deux mains, fixant les bûches rougeoyantes et savourant la compagnie de ses amies. Jusqu'à maintenant, tout se déroule exactement comme elle l'avait espéré, et la semaine commence à peine! Ils n'ont même pas encore soupé... Ooohh, le souper. Soudain, Savanna a une idée.

Les Hébert restent presque toujours au chalet le premier soir, et préparent un repas vite fait, une soupe et des sandwichs au fromage fondant, par exemple. Mais ce soir, Savanna a envie d'en montrer un peu plus à ses amies.

— Maman, je sais que tu es probablement fatiguée après avoir déballé toutes les affaires. Donc j'ai pensé...

— Qu'on pourrait aller souper à la station? termine sa mère avec un sourire entendu.

Savanna rayonne. Son souhait s'est encore réalisé et ce, sans même qu'elle ait eu besoin de prononcer le mot « anniversaire ».


Le chalet de la station est l'endroit favori de Savanna, après leur propre chalet. Grand, vieux et rustique, il ressemble à un chalet suisse.

En haut, on trouve une immense cafétéria avec un buffet, des tonnes de tables et une terrasse pour s'asseoir à l'extérieur. En bas, il y a des casiers et des salles où se réunissent les équipes de ski. On peut aussi profiter d'un salon avec un foyer tellement grand qu'on pourrait s'y tenir debout. Enfin, donnant sur les pentes et s'étendant sur toute la façade du bâtiment, se trouve un restaurant décoré avec de vieux skis en bois, des tables sculptées, des lustres ornés de ramures et d'énormes tableaux à l'huile représentant le lac.

— Je me sens comme Heidi, murmure Élisabeth en fixant, les yeux agrandis d'admiration, les imposantes poutres en bois sculpté. Je crois que je vais me mettre à jodler.

— Non! proteste Léonie en lui donnant une petite poussée.

Elle déteste attirer l'attention.

— Vous n'avez même pas encore vu le plus beau, fait remarquer Savanna.

Elle désigne la fenêtre pendant qu'un mignon serveur en culotte bavaroise les conduit à leur table.

Dehors, une grande patinoire ovale est éclairée de lumières scintillantes. Des patineurs glissent sur la surface gelée. Au milieu, quelques-uns exécutent des pirouettes audacieuses et dansent sur la glace tandis qu'au bord, les moins assurés se cramponnent à la rampe. Les patineurs intermédiaires tournent en rond entre les deux.

— Génial! souffle Élisabeth.

— Si on veut, ajoute Léonie.

— Ça vous dirait d'aller patiner après le souper?

suggère Savanna.

Elle est si excitée qu'elle flotte presque jusqu'à la table où ses parents se sont assis.

Élisabeth s'installe à côté de Savanna et contemple la patinoire avec impatience, faisant claquer ses talons sur le barreau de chaise. Quant à Léonie, elle s'assoit et prend son verre d'eau, les épaules voûtées.

— Je ne pensais pas qu'on ferait quoi que ce soit de dangereux avant demain, marmonne-t-elle.

— Ce n'est pas si dangereux que ça, rétorque une voix de femme. Le ski et la planche sont des sports bien plus risqués.

— Ne faites pas attention à elle, dit Savanna avec un grand sourire en se levant pour étreindre la nouvelle venue. Élisabeth, Léonie, je vous présente ma tante Lily. C'est une grosse pointure parmi les pisteurs secouristes de la station.

— N'exagérons rien, dit Lily en se penchant pour serrer les parents de Savanna dans ses bras avant de prendre une chaise. Mais c'est vrai que je m'y retrouve facilement sur cette grosse bosse.

Une fois bien installés, tous se plongent dans la lecture du menu.

— Le hamburger alpin est incroyable, souligne Lily, mais la fondue est mon plat préféré, exception faite du homard.

Elle indique son choix au centre du menu juste au moment où le serveur réapparaît. Les filles passent leur commande et grignotent du pain en attendant leurs boissons gazeuses. Moins d'une heure plus tard, trois colas, trois hamburgers alpins et une portion de patates douces frites ont été dévorés.

— Si on allait voir cette glace? demande Savanna en tirant doucement Léonie pour qu'elle se lève avant de pouvoir protester.

— Moi, je préférerais manger une glace, soupire Léonie en suivant ses amies à l'extérieur dans la nuit froide.

À force de persuasion, Élisabeth et Savanna l'entraînent vers la boutique de location de patins, puis sur la surface glacée. Elles restent près de la rampe, et Léonie traverse la patinoire d'un bout à l'autre en avançant à petits pas.

— J'ai réussi! s'écrie-t-elle d'une voix aiguë en continuant à patiner avec ses amies, chancelante.

Sur sa mine tendue se dessine un large sourire. Savanna et Élisabeth lui lâchent lentement les bras, et Léonie a presque fait un tour de patinoire complet lorsqu'elle tente de repousser ses cheveux de son visage et tombe sur le derrière. Savanna s'assure que Léonie rit avant de s'esclaffer aussi.

— Tu t'en tires très bien, dit-elle. Tu aurais dû me voir la première fois. Je suis tombée si souvent que mon pantalon était trempé au bout de quinze minutes.

— Je croyais qu'à tes débuts, tu étais encore en couche! lâche Léonie d'un ton plein de sous-entendus, enlevant la neige sur ses vêtements et tendant le cou pour regarder son postérieur. Peut-être que je devrais essayer ça. Je n'aurais jamais cru dire une chose pareille, mais j'aurais besoin d'un peu de rembourrage là-dessous!

— Au fait, depuis combien de temps patines-tu exactement, Savanna? demande Élisabeth. Moi, je crois que j'ai patiné une dizaine de fois. Nous allons parfois rendre visite à ma tante au Nouveau-Brunswick. Elle habite près d'un aréna, mais comme c'est à l'intérieur, ça n'a rien à voir avec cet endroit.

Élisabeth continue à babiller tandis que Léonie avance petit à petit; Savanna en profite pour se diriger vers le centre de la patinoire. Non pas qu'elle veuille leur en mettre plein la vue, mais elle est tellement survoltée qu'elle a besoin de dépenser un peu d'énergie. Enfonçant ses lames dans la glace, elle décrit un grand arc puis ralentit, en équilibre sur un patin. Prenant d'abord appui sur le bout dentelé de son patin gauche, elle exécute une pirouette serrée sur le droit, tournant de plus en plus vite à mesure qu'elle ramène vers elle sa jambe tendue, cambrant le dos et inclinant la tête de façon à regarder vers le ciel.

Au moment où elle redescend la jambe et enfonce la pointe de son patin dans la glace pour s'arrêter, Élisabeth et Léonie l'applaudissent et l'acclament.

Encore étourdie, Savanna les rejoint près de la rampe.

— Tu es extraordinaire! s'exclame Léonie.

Savanna sourit. Ses joues sont froides et elle a le souffle court. Élisabeth lui donne une tape dans le dos.

— Moustique est douée sur la glace et sur la neige, ajoute une voix grave.

Savanna lève les yeux vers une tête en broussaille qui lui est familière. Éric! Elle lui tape dans la main et l'enlace brièvement.

— Léonie, Élisabeth, voici Éric.

— Bienvenue au Bassin poudreux, dit-il. Vous êtes débutantes?

Élisabeth lui adresse un grand sourire.

— Eh bien, j'ai déjà fait un peu de ski. Mais pour Léonie, ce sera la première fois. Et je crois qu'elle se sent...

— Excitée. Extrêmement excitée, insiste Léonie en tirant le bras d'Élisabeth d'un coup sec avant de rejeter ses cheveux en arrière, sourire aux lèvres.

— Super. Ça m'aurait étonné que Savanna invite des rabat-joie ou des peureuses, fait remarquer le garçon avec un hochement de tête approbateur. J'ai hâte de vous revoir sur les pentes.

Les yeux bruns d'Éric se plissent lorsqu'il sourit et, sans la tuque qu'il porte sur les pentes, ses boucles brunes retombent devant ses yeux.

— On se revoit demain? demande-t-il.

— On sera là!

Savanna lui fait un signe de la main tandis qu'il s'éloigne.

Élisabeth secoue lentement la tête. Son sourire s'est effacé.

— Savanna, tu ne nous avais pas dit ça, déclare-

25

t-elle d'un ton vaguement irrité.

— Ouais, renchérit Léonie.

Savanna n'a aucune idée de ce qu'elles insinuent.

— Quoi? fait-elle.

— Il est incroyablement séduisant! s'exclame Élisabeth.

— Vraiment? demande Savanna.

Elle n'a jamais considéré Éric comme séduisant. À vrai dire, elle n'a jamais vraiment considéré Éric sous cet angle…

— Séduisant? répète-t-elle tout haut.

—Tout à fait! répondent ses amies en chœur.

# Chapitre 3

# Sur les pentes!

— La terre appelle Savanna. Répondez, s'il vous plaît, résonne une voix dans la cuisine du chalet. Hé, allô-ôôô! insiste Élisabeth en se penchant vers Savanna, la poussant doucement.

— Quoi?

Savanna détourne enfin les yeux de la fenêtre de la cuisine. Il a neigé durant toute la nuit, et le paysage est couvert d'une épaisse couche blanche et duveteuse. Le jour s'est levé, lumineux et ensoleillé. Du temps bleu pour sûr! Dans sa tête, Savanna en est déjà à sa première descente, laissant ses traces dans la poudreuse immaculée.

— Passe-moi le sirop, dit Élisabeth avec un petit sourire narquois. Mes crêpes ont soif.

Savanna sourit à son tour et lui tend le pot de sirop d'érable.

— Désolée. Je me demandais seulement par quoi nous devrions commencer : le ski ou la planche, explique-t-elle en piquant avec sa fourchette un gros morceau de crêpe.

Le ski, c'est chouette, surtout le hors-piste, qui permet de s'éloigner des foules. Mais Léonie ne sera probablement pas prête pour ce type de descente avant un bout de temps. De plus, la planche est devenue la nouvelle obsession de Savanna. Il y a tellement de figures excitantes à exécuter!

— Je vote pour la planche à neige, tranche Élisabeth. Je trouve les bottes de planchiste absolument adorables! Et elles ne nous obligent pas à marcher de façon bizarre comme les bottes de ski.

Elle a tressé ses cheveux en deux longues nattes qu'elle a relevées pour former deux boucles retenues par des élastiques. Les boucles s'agitent quand elle parle, ce qui lui donne un air très animé.

Léonie dépose sa fourchette, le regard légèrement paniqué.

— De la planche? Le premier jour? Peut-être que je pourrais simplement rester dans le chalet de la station… Question d'apprendre en vous observant.

— Et qu'est-il arrivé à toute cette excitation dont tu parlais à Éric hier soir? demande Savanna pour la taquiner.

Elle prend son verre de jus et avale une gorgée.

— Je suis excitée, déclare Léonie, la gorge serrée. Seulement…

— Tout ira bien, je te le promets, dit Savanna avec sérieux. On ira lentement. Pas de losanges noirs avant demain.

Léonie écarquille les yeux de terreur. Savanna lui a

remis la carte des pistes avec la légende des pictogrammes attribués à chacune, et elle sait qu'elle n'est pas de calibre à descendre une piste désignée par un losange noir. Mais alors là, pas du tout!

— Je plaisante! dit Savanna. On s'en tiendra aux cercles verts aussi longtemps que tu le voudras. En plus, le fait de commencer la semaine avec la planche à neige te donnera amplement le temps de t'y habituer.

— Et vous ne me laisserez pas tomber? demande Léonie.

Savanna et Élisabeth lèvent la main et entrecroisent leurs petits doigts, renouvelant la promesse d'amitié que les trois filles se sont faites à l'âge de huit ans.

— Et on ne te laissera pas tomber! jurent-elles.

Un sourire nerveux apparaît sur le visage de Léonie lorsqu'elle se lève et apporte son assiette à l'évier. Savanna et Élisabeth sont juste derrière elle.

— Papa, on est prêtes à partir! crie Savanna à tue-tête.

— Ton père est au premier, Savanna, pas dans la montagne, la taquine Élisabeth. Ne va pas déclencher une avalanche.

— Une avalanche? répète Léonie.

— C'est une blague, Léo, la rassure Élisabeth en entourant son amie de son bras. Juste une bonne vieille blague.

— J'arrive! lance M. Hébert.

Les filles s'enduisent le visage d'écran solaire FPS 45 et enfilent salopettes, anoraks, tuques et gants.

— N'oubliez pas vos lunettes de ski, rappelle Savanna. Ce sera super éblouissant à l'extérieur.

Quelques minutes plus tard, elles sont entassées dans la voiture et se dirigent vers le Bassin poudreux. La station grouille de gens en habit de neige achetant des billets de remontée, transportant des skis et des planches ou, pour les plus chanceux, s'installant déjà dans les télésièges. Savanna est si excitée qu'elle doit se retenir pour ne pas descendre du véhicule avant qu'il soit complètement immobilisé.

— Minute papillon, dit son père en apercevant la main de Savanna sur la poignée de la portière.

Enfin, il se gare dans le stationnement.

— Maintenant vous pouvez y aller, ajoute-t-il, mais les filles sont déjà descendues.

— Merci, papa! dit Savanna en se dirigeant vers l'arrière de la voiture familiale.

Comme tante Lily travaille à la station, les parents de Savanna ne voient pas d'inconvénient à la laisser skier sans eux toute la journée. Pourvu qu'elle soit rentrée pour le souper, il n'y a pas de problème.

— Arrêtons-nous à la boutique avant d'aller chercher vos planches, suggère Savanna en sortant la sienne du coffre. Il y a quelqu'un d'autre que j'aimerais vous présenter.

Elle conduit ses amies vers un petit local encombré d'équipement et de vêtements d'hiver : tuques, gants, lunettes de ski, anoraks, salopettes, casques, skis, bâtons, planches, bottes, tout y est.

30

— Savanna, ma puce, dit un grand homme presque chauve en l'accueillant au comptoir. Te voilà de retour!

— Oui, répond Savanna avec un sourire ravi. Et pour toute la semaine!

Elle se tourne vers ses deux meilleures amies.

— Je te présente Élisabeth et Léonie. Les filles, voici Hector.

L'homme tend le bras au-dessus du comptoir en bois et serre la main de chacune des filles.

— Les amies de Savanna sont les miennes. Avez-vous besoin de quoi que ce soit avant de monter là-haut? De l'écran solaire? De la pommade pour les lèvres?

— On en a déjà mis, merci, répond Élisabeth.

Savanna reluque la planche à neige vert clair de marque Burton accrochée au mur derrière Hector.

— À moins que tu m'offres une réduction sur le prix de la planche de mes rêves puisque c'est un article en démonstration, dit-elle avec un soupir de convoitise. Sans vouloir t'offenser, ajoute-t-elle à voix basse en s'adressant à sa planche actuelle.

— Navré, ma puce, répond Hector d'un ton plein de compassion. Je ne peux pas. Mais c'est un bijou, ça, c'est certain.

Savanna se faufile derrière le comptoir et caresse la planche vernie.

— C'est donc celle-là? demande Léonie.

— Enfin, nous avons devant nous la célèbre planche, ajoute Élisabeth. On en a entendu parler tout

31

l'hiver.

— Savanna sait toujours reconnaître les plus jolis modèles, souligne Hector. Elle a déniché cette planche parmi toutes les autres dans la boutique. C'est plutôt étonnant qu'elle soit encore ici, d'ailleurs... La planche, pas Savanna, précise Hector avec un sourire espiègle. Cette fille, il faudrait l'arracher de force à la montagne.

— Je ne te l'ai pas dit? Je lui ai jeté un sort d'invisibilité, plaisante Savanna en parlant de la planche. Sérieusement, elle attend que j'aie la somme nécessaire pour l'acheter. J'ai déjà économisé 160 dollars. Il ne m'en manque plus que 100. Elle sera à moi d'ici la fin de la saison.

— Et à ce moment-là, tu seras encore plus étonnante à voir sur les pentes, conclut Hector, les yeux brillants.

Les filles saluent l'homme et se dirigent vers la boutique de location de l'autre côté du couloir, où elles vont chercher l'équipement d'Élisabeth et de Léonie. On trouve à l'intérieur des tonnes et des tonnes de casiers où sont rangés skis, bottes et planches de toutes les tailles et couleurs. Toute une meute d'employés mordus de ski, des étudiants du secondaire ou du collégial, attend les clients, prêts à les équiper. Les filles remplissent leurs formulaires sur des planchettes à pince avant d'essayer quelques paires de bottes de planchistes pour identifier la plus confortable tandis que les techniciens choisissent leurs planches. Une brève leçon portant sur les fixations, et les voilà prêtes.

— Là, ça y est! glousse Savanna alors que les filles transportent leur équipement au pied de la piste des débutants.

Elle fixe rapidement son pied gauche à sa planche puis aide ses amies à en faire autant, s'assurant que les courroies sont bien serrées.

— Laissez l'autre pied libre jusqu'au sommet, explique-t-elle en indiquant la majestueuse montagne derrière elle. Et c'est parti!

Elle se dirige vers le télésiège en compagnie d'Élisabeth. Savanna est si fébrile qu'elle ne remarque pas tout de suite que Léonie ne les suit pas.

— Léo, viens! crie-t-elle lorsqu'elle finit par constater que leur trio s'est transformé en duo.

Léonie a repoussé sa longue frange d'une main et fixe le télésiège en écarquillant les yeux, figée sur place.

Savanna retourne aussitôt auprès de son amie.

— Je n'y arriverai pas! murmure Léonie d'un ton plaintif.

— Il suffit de s'asseoir sur le siège, Léo. C'est facile.

Tous les sièges vides redescendent la pente, tournent autour d'un gros engrenage au bas de la montagne pour changer de direction, et continuent vers l'avant pour soulever sans ralentir les skieurs et les planchistes qui font la file.

— Ça n'a pas l'air facile, proteste Léonie.

Au même moment, un groupe de bambins suivant des leçons trottinent jusqu'à l'avant de la file et se glissent sur le siège. Il n'y a même pas d'adulte qui les accompagne. Le plus petit doit sauter légèrement pour se hisser sur le siège, ce qu'il fait comme si de rien n'était.

— Tu as vu ça? Si ces bouts de chou peuvent le faire, tu le peux aussi, insiste Savanna. Et souviens-toi qu'on ne peut pas descendre sans monter.

Léonie se mordille la lèvre et traîne sa planche jusqu'au bout de la file.

— On ne peut pas descendre sans monter, se répète-t-elle tout bas.

D'un regard, Savanna signale au préposé que Léonie est débutante. Ce dernier hoche la tête et appuie sur un bouton pour ralentir le télésiège.

— Prête? Assieds-toi! indique Savanna.

Léonie s'exécute. Le siège se balance doucement vers l'arrière, puis vers l'avant. Deux secondes plus tard, les trois filles sont en route vers le sommet de la montagne.

— Hé, c'était plutôt facile, reconnaît Léonie tandis que le siège monte toujours plus haut dans les airs.

Au-dessous d'elles, un planchiste zigzague prudemment sur la pente. Savanna le montre du doigt.

— Cette piste convient très bien aux débutants. Elle est large et pas trop abrupte. Et il n'y a pas de bosses.

Elle explique rapidement à ses amies comment descendre du télésiège (Élisabeth en profite pour se rafraîchir la mémoire), et elles se rejoignent toutes sans encombre au bas de la mini-pente qui termine le parcours du télésiège. Elles attachent ensuite leur deuxième botte à la fixation et commencent à descendre la piste l-e-n-t-e-m-e-n-t.

— Garde les genoux légèrement fléchis et mets ton poids sur le pied avant, conseille Savanna tandis qu'elles exécutent un virage de base. Utilise tes bras pour maintenir ton équilibre. Si la chute est inévitable, laisse-toi tomber sur le dos.

Un peu plus bas, Élisabeth effectue déjà des virages coupés, faisant voler la neige sur la montagne. C'est une planchiste née.

Léonie glisse devant Savanna dans l'ombre d'un arbre, dérape sur une plaque de glace et atterrit sur le derrière avec un bruit sourd.

Savanna la rejoint rapidement pour l'aider à se relever. Elle scrute le visage de son amie pour deviner sa réaction. Elle veut que la planche soit une expérience amusante pour Léonie, pas terrifiante. Celle-ci ne démontre aucune expression pendant une seconde, puis elle lui adresse un grand sourire.

— Ce n'a pas vraiment fait mal. Et j'ai réussi au moins une chose : je suis tombée par derrière! ajoute-t-elle en riant.

Elle se relève et se remet d'aplomb toute seule avant de continuer à descendre à la vitesse d'un escargot.

— J'ai l'impression que je vais passer beaucoup de temps sur le derrière, lance-t-elle en avançant petit à petit.

Savanna la regarde exécuter un virage. Léonie chancelle, mais ne tombe pas.

— Vas-y, Léonie! l'encourage-t-elle.

Tout à coup, venant de nulle part, un groupe d'enfants passent à vive allure. Vêtus de gros anoraks, ils ont les bras tendus de chaque côté, et leur moniteur a du mal à les suivre. Ils prennent Léonie par surprise en la dépassant de part et d'autre. La pauvre fait des moulinets avec les bras pendant quelques secondes avant de tomber de nouveau.

Se cachant derrière son gant, Savanna laisse échapper un rire étouffé. Mais bientôt, elle entend Léonie rigoler aussi.

Lorsqu'elles atteignent le bas de la pente, Léonie a de la neige partout sur le derrière et dans les cheveux. Mais elle a les yeux brillants, et elle n'hésite pas une seconde avant de se remettre en file.

— Qu'est-ce que vous attendez? crie-t-elle à ses amies. Allez, venez!

Les filles font de la planche à neige durant toute la matinée et font une pause pour aller dîner au chalet de la station. Elles bavardent avec animation autour d'une assiette de doigts de poulet et d'une montagne de frites.

— Vous avez vu ma dernière chute? demande Élisabeth. Je sens encore la neige qui fond le long de mon dos.

Elle frissonne.

— Pfft, ce n'est rien, ça, renchérit Léonie. Avez-vous vu ma dernière chute? Mes affaires ont volé dans tous les sens! Une vraie vente-débarras.

Savanna plaque une main sur sa bouche pour ne pas cracher le ketchup qu'elle a dans la bouche tellement elle rit. Léonie s'est vite familiarisée avec le jargon de la planche à neige!

Élisabeth manque de s'étouffer avec une frite.

— Une vente-débarras! répète-t-elle. Elle est bonne, celle-là.

Du coin de l'œil, Savanna regarde une adolescente poursuivre un bambin vêtu d'un habit de neige jusqu'à l'autre bout de la cafétéria. La fille court vite, mais le petit monstre est plus rapide encore.

— Ces bouts de chou sont impressionnants, fait remarquer Léonie en suivant le regard de Savanna. Ils n'ont peur de rien sur les pentes!

— Il faut dire qu'ils sont plus près du sol, souligne Élisabeth. Quand ils font une chute, ils ne tombent pas de haut.

Les filles gloussent et terminent l'assiette de frites.

— Délicieux! déclare Savanna.

Elles jettent leurs déchets dans la poubelle et se dirigent vers le foyer en pierre géant pour se réchauffer.

Au bout d'un moment, Savanna enfile ses gants.

— Prêtes pour quelques descentes de plus?

— Prêtes! répondent ses amies à l'unisson.

Dehors, le soleil commence déjà à baisser, mais il n'y a aucun nuage en vue tandis qu'elles montent dans le télésiège. L'air froid est vivifiant, et Savanna est submergée par une vague de bonheur alors qu'elle glisse doucement vers le sommet de la montagne, assise entre ses deux meilleures amies. La semaine de relâche est bien partie!

— Allons faire un tour au parc de planche à neige, propose Élisabeth en désignant la piste tout-terrain à gauche. Il y a moins de monde que ce matin.

— Ça me va, approuve Léonie. À condition que je n'aie pas à monter sur l'un de ces redoutables tremplins.

Savanna hoche la tête.

— Ils ne sont pas aussi épouvantables qu'ils en ont l'air, mais tu fais comme tu veux. De toute façon, la demi-lune est plus amusante que les tremplins.

— Je te laisse ça aussi, dit Léonie. Je vais me tenir près de ma nouvelle meilleure amie… la neige. Au cas où vous ne l'auriez pas remarqué, on est déjà très proches, toutes les deux.

Les filles descendent du télésiège en vraies pros, enfoncent leur deuxième botte dans la fixation et dévalent la piste jusqu'au parc de planche à neige. Lorsque Savanna s'arrête brusquement en haut de la demi-lune pour attendre ses amies, la neige décrit un arc avant de retomber. En face d'elle sur la demi-lune, Éric surveille quelques-uns de ses élèves qui essaient de nouvelles figures. Il a enlevé son anorak et porte plusieurs t-shirts à manches longues superposés ainsi qu'un bandana autour de la tête. Savanna agite la main, et Éric la salue à son tour.

— Moustique!

Savanna a des picotements d'excitation dans les veines. Voilà l'occasion idéale de se montrer à la hauteur du compliment qu'Éric lui a fait la veille, et de prouver à ses amies qu'elle est vraiment douée pour la planche à neige. Elle regarde autour d'elle pour s'assurer que la voie est libre et qu'Éric l'observe, et décoche un sourire espiègle à ses amies.

— Regardez ça.

Se penchant juste assez vers l'avant, elle s'élance dans la demi-lune. Sa planche descend vite, glissant sur la rampe d'accès et remontant vers la plateforme. Elle se prépare à exécuter l'une des ses figures préférées, un 360° côté talons. Fléchissant les genoux pour prendre de la vitesse, elle effectue sa montée. Lorsqu'elle atteint la crête quelques secondes plus tard, le vent souffle dans ses oreilles, et elle est prête à décoller. Avec l'aisance d'une experte, Savanna s'élève dans les airs en pivotant avec sa planche, et exécute une rotation en plein ciel. Une fois sa figure terminée, elle dispose encore d'une bonne hauteur. Elle est gonflée à bloc!

Alors qu'elle flotte toujours entre ciel et terre, une pensée traverse son cerveau baigné d'adrénaline : *je pourrais faire un 720°!* Sa hauteur et sa vitesse sont suffisantes pour qu'elle exécute une autre vrille. Elle amorce précipitamment sa deuxième rotation, mais comprend aussitôt qu'elle a commis une erreur. Elle a voulu en faire trop. L'espace d'un éclair, plus rien ne va.

Le sol monte trop vite, la planche descend trop tôt, et Savanna atterrit durement et de tout son poids sur sa jambe gauche bizarrement fléchie. Elle entend un affreux craquement, comme un bruit de pneus sur le gravier, puis tout devient noir.

# Chapitre 4

# Ça passe... ou ça casse

Savanna se sent bringuebaler avant même d'ouvrir les yeux. Une douleur sourde dans sa cheville lui rappelle sa chute, et elle ouvre brusquement les yeux. Où est-elle?

— Savanna, est-ce que ça va?

L'air soucieuse, Lily est assise à ses pieds dans le toboggan de secours des pisteurs.

— Tante Lily, marmonne Savanna.

Et ça s'arrête là. Elle referme les yeux et s'efforce de ne pas prêter attention aux vertiges qui l'assaillent. Le toboggan est accroché à l'arrière d'une motoneige qui descend la pente à bonne vitesse. Et elle a des élancements dans la cheville.

— Ça va? répète sa tante.

— Je crois que oui, répond Savanna en se mordant la lèvre.

Dès qu'elle prononce un mot, elle a la tête qui tourne encore plus vite.

— On va t'emmener à l'hôpital, poursuit sa tante. Éric dit que tu as fait une mauvaise chute, et il faut examiner ta cheville au plus tôt.

Le souvenir de son accident envahit son esprit, et elle détourne le visage pour cacher ses larmes. Elle a été tellement stupide de vouloir épater Éric et ses amies. Elle s'est ridiculisée. Et maintenant, elle est en route pour l'hôpital!

Une ambulance les attend déjà dans le stationnement. Pendant qu'on transfère Savanna du toboggan à la civière et qu'on l'installe dans le véhicule, sa tante téléphone à ses parents.

— Ça va aller, dit Lily pour les rassurer.

Savanna a un haut-le-cœur, et la tête lui tourne de plus belle. Elle espère que sa tante a raison.

Lorsqu'on pousse sa civière au service des urgences de l'hôpital de Turmel, ses parents et ses amies sont déjà dans la salle d'attente.

— Oh, Savanna, dit sa mère d'un air à la fois inquiet et réprobateur.

Savanna voit dans ses yeux qu'elle aurait préféré que sa fille soit plus prudente, moins impulsive et, de grâce, qu'elle regarde avant de sauter! Elle l'a pourtant si souvent mise en garde. Pour une fois, Savanna regrette de ne pas l'avoir écoutée.

— Savanna! s'écrie Élisabeth en bondissant de sa chaise. Est-ce que ça va? Cette chute était absolument terrible. Terrible!

L'inquiétude se lit dans ses yeux bruns.

— J'étais certaine que tu aurais une commotion. Je...

— Je crois qu'elle va bien, Éli, l'interrompt Léonie en donnant un coup sur le bras de son amie bavarde tout en lui jetant un regard de travers. Et elle est au courant à propos de la chute. Elle était là, tu te souviens?

Élisabeth porte la main à sa bouche, embarrassée.

— Oh, bien sûr.

— Je vais bien, les filles, je vous assure, déclare Savanna malgré le fait qu'elle tremble comme une feuille et que sa cheville lui fait horriblement mal.

— Tout ira bien, mais il faut d'abord que tu passes au triage, dit sa tante. Tu dois voir un médecin.

— Vous n'êtes pas obligées de rester, dit Savanna à ses amies, se sentant coupable que sa témérité les oblige à passer du temps à l'hôpital dès le premier jour des vacances.

— On est là, et on reste, affirme Léonie tandis qu'Élisabeth acquiesce énergiquement.

Savanna éprouve un vague soulagement alors que sa mère pousse son fauteuil roulant jusqu'à l'infirmière du triage. Elle est contente que ses amies restent, même si elles doivent demeurer dans la salle d'attente.

Lily renseigne l'infirmière sur ce qui s'est passé, puis on prend la température et la tension de Savanna avant de lui donner une poche de glace pour sa cheville.

— Tu as de la chance que ce soit tranquille, souligne l'infirmière. Hier, c'était bondé, et l'attente avant de voir un médecin était de quatre heures.

— Et aujourd'hui? demande Savanna.

— Aujourd'hui, c'est presque le médecin qui attend les patients, répond la femme avec un sourire.

— Je ferais mieux de retourner à la station, dit Lily une fois qu'elles sont sorties de la salle de triage. Appelez-moi dès qu'il y aura du nouveau.

Le père de Savanna serre sa sœur dans ses bras.

— D'accord. Merci, Lily. Heureusement que tu étais là.

Savanna et ses parents sont escortés jusqu'à une « chambre » qui a un rideau en guise de cloison. Savanna entrevoit une lueur d'espoir. Peut-être que sa cheville n'est pas cassée. Peut-être que ce craquement qu'elle a entendu était seulement le bruit de sa planche raclant la neige glacée. Si elle ne souffre que d'une foulure, elle pourra peut-être…

Le rideau s'écarte brusquement, et un homme aux cheveux grisonnants vêtu d'une blouse bleue apparaît.

— Bonjour, je suis le docteur Martin, commence-t-il lentement. Tu dois être Savanna, la super planchiste.

Il interrompt la lecture de son dossier et lève les yeux vers elle en souriant.

— Jetons un coup d'œil sur cette cheville.

Savanna fait la grimace lorsque le docteur Martin retire la poche de glace et soulève doucement son mollet et sa cheville pour mieux l'examiner.

— Elle n'est pas trop enflée, c'est bon signe, dit-il avant de presser légèrement à plusieurs endroits.

— Aïe! laisse échapper Savanna quand il tâte l'os.

— Navré, dit le docteur. Mais je n'avais pas le choix.

Il replace la poche de glace et la fixe avec une bande adhésive élastique. Puis il se lève et écrit quelques notes dans le dossier de Savanna.

— Je vais demander une radiographie pour qu'on puisse y voir plus clair.

Savanna gémit intérieurement. Ça n'augure rien de bon.

— Je vais tenter de vous faire sortir d'ici le plus tôt possible, tes amies et toi, lui dit-il tout bas. Mais on doit d'abord s'occuper de ta cheville.

Savanna soupire et appuie la tête contre le dossier de son fauteuil roulant. Elle ne peut pas vraiment protester, même si ce n'est pas l'envie qui lui manque.

Lorsque les résultats de la radiographie sont disponibles (deux heures plus tard), Lily a déjà appelé trois fois. Savanna s'ennuie à mourir, attendant impatiemment que le docteur Martin vienne lui donner des nouvelles.

— Malheureusement, tu as une fracture de la cheville, annonce-t-il.

Il indique un trait foncé sur les films en noir et blanc qu'il a placés sur le négatoscope accroché au mur.

— Nous allons devoir te faire un plâtre.

Cette fois, Savanna gémit tout haut.

— Un plâtre?

Comment va-t-elle pouvoir skier, faire de la planche, patiner et s'amuser avec un plâtre? Elle doit finalement admettre qu'elle a été plutôt inconsciente d'espérer qu'il s'agisse d'une simple foulure.

Une heure plus tard, Savanna entre dans la salle d'attente avec son plâtre neuf, clopinant sur ses béquilles.

— Un plâtre! s'exclame Élisabeth, le souffle coupé. Oh, Savanna!

— Ne m'en parle pas, marmonne cette dernière. Je me suis cassé la cheville.

— Il faut voir le bon côté des choses, affirme Léonie. Nous sommes toujours à Turmel, ensemble, et ton anniversaire approche à grands pas. Tout n'est pas perdu!

*Ouais*, pense Savanna en marchant vers la sortie, heurtant le cadre de porte au passage. *Des béquilles, c'est bien plus encombrant que des bâtons de ski.*

Dehors, son père a approché la voiture pour ne pas que Savanna ait à traverser le stationnement couvert de neige fondue. Tandis qu'ils montent tous dans la voiture familiale, Savanna aperçoit un petit garçon qu'elle a déjà vu quelque part arrivant en civière. Son visage est rouge et barbouillé, et l'enfant sanglote sans pouvoir s'arrêter. Savanna croit reconnaître l'un des gamins grâce auxquels Léonie s'est décidée à monter dans le télésiège plus tôt aujourd'hui. Sauf que maintenant, son insouciance fanfaronne de ce matin a fait place à la détresse. Il semble avoir quelque chose de cassé, et Savanna sait trop bien ce qu'il ressent.

De retour au chalet ce soir-là, tout le monde redouble d'efforts pour remonter le moral de Savanna. Les filles s'installent pour jouer une partie de Scrabble tout en sirotant de grandes tasses de chocolat chaud et en mangeant des guimauves.

— Ne t'en fais pas, Savanna, dit Léonie en écrivant N-E-I-G-E sur le plateau. On restera au chalet tous ensemble. Il y a plein de jeux de société, et on peut...

— Non, déclare Savanna d'un ton ferme en regardant les flocons duveteux qui se sont mis à tomber.

Elle est reconnaissante à ses amies de bien vouloir rester avec elle. Cependant, elle les a invitées ici pour qu'elles profitent de la neige, et elles ont déjà passé tout l'après-midi dans une salle d'attente d'hôpital. Et tout ça parce que stupidement, elle a voulu les épater...

— Je vous ai promis une semaine de sports d'hiver fabuleuse, et vous l'aurez... même sans moi.

Chapitre 5

# L'après-ski

Lorsque Savanna se réveille le lendemain matin, la neige tombe toujours doucement sur le sol. Mais plus bas à l'horizon, le soleil commence à percer les nuages; encore une fois, les conditions seront parfaites. Savanna sent l'excitation monter en elle, puis se souvient de sa cheville cassée. La montagne est là qui lui fait signe, mais elle est prisonnière d'un morceau en fibre de verre moulé. En songeant à son plâtre, elle a un coup de cafard immédiat.

— Prête pour le déjeuner? lance Léonie dans l'embrasure de la porte. On a préparé des œufs brouillés et du bacon.

— Bien sûr, répond Savanna en réalisant aussitôt qu'elle n'a pas du tout faim. Je descends tout de suite.

Elle enfile un pantalon molletonné (la seule chose qu'elle peut porter avec son plâtre) et son t-shirt du Bassin poudreux. Elle descend tant bien que mal dans la cuisine où ses amies s'affairent à tout préparer.

— Assieds-toi, dit Élisabeth en lui tirant une chaise.

Savanna sourit, et les trois filles s'assoient à la

table.

— Ça m'a l'air délicieux.

— Même si tu nous as dit que tu voulais qu'on skie et qu'on fasse de la planche sans toi, commence Léonie en beurrant sa rôtie, on préfère te tenir compagnie aujourd'hui.

Soulagée, Savanna prend une bouchée d'œufs au goût de fromage. Mais avant même de l'avoir avalée, elle est envahie par un sentiment de culpabilité. À quelques mètres de là seulement, de l'autre côté de la vitre, une couche fraîche de neige poudreuse attend ses amies. Ce ne serait pas juste de les faire payer pour sa stupide erreur.

— C'est très gentil de votre part, dit-elle. Vraiment. Mais je ne suis pas dans une forme terrible aujourd'hui. Je n'ai même pas le goût de jouer à Uno. Je crois que je vais simplement m'asseoir au chalet de la station et lire. Quant à vous deux, vous devriez aller faire de la planche. Vous aviez fait beaucoup de progrès hier, et la neige sera extraordinaire.

Élisabeth et Léonie échangent un long regard d'un bout à l'autre de la table.

— Seulement si on peut dîner avec toi, finit par déclarer Léonie.

— Marché conclu, dit Savanna avec un faux sourire victorieux. Maintenant, allons prendre cette navette.

Après avoir couvert d'une tuque les orteils qui dépassent du bout de son plâtre, Savanna découvre que marcher en béquilles est beaucoup plus difficile que de skier, faire de la planche ou patiner, particulièrement dans la neige. Elle met un long moment avant d'atteindre l'arrêt de la navette, et ce, même flanquée de ses amies au cas où elle perdrait l'équilibre.

— Encore quelques pas, l'encourage Léonie au moment où la navette arrive.

Les trois filles montent à bord et s'installent sur un siège libre à l'avant.

— Vous devriez peut-être me trouver un traîneau, dit Savanna en s'efforçant de prendre un ton léger.

Elle imagine ses amies la tirant comme un poids mort.

— Et des chiens, ajoute-t-elle.

Léonie sourit avec bienveillance, mais Élisabeth regarde par la vitre.

— La neige a bel et bien l'air parfaite, fait-elle remarquer. Je me demande sur quel versant Éric va m'emmener.

— Éric? répète Savanna, incapable de dissimuler sa surprise.

Elle éprouve un bref sentiment d'agacement.

— Oui, il est passé à l'hôpital hier et a offert de m'apprendre quelques trucs aujourd'hui, explique Élisabeth d'un air embarrassé. Puisque tu ne peux pas le faire. J'allais annuler, mais…

— Elle en a grandement besoin! lance Léonie en riant.

— Tu peux bien parler! rétorque Élisabeth.

— Hé, tout le monde gagne à prendre une leçon avec Éric, dit Savanna, réglant le différend du même coup, alors que la navette s'immobilise devant la station. C'est le meilleur.

Après tout, n'a-t-il pas été son professeur? Il a probablement voulu rendre service à Élisabeth. Mais tout en se levant, Savanna se surprend à regretter qu'il l'ait fait.

Heureusement, l'arrêt de la navette du Bassin poudreux a été dégagé, et Savanna n'a pas trop de mal à se rendre jusqu'au chalet principal. Ses amies l'installent dans un fauteuil confortable devant le gigantesque foyer en pierre, lui apportant un tabouret pour son pied et autant de coussins qu'elle en désire.

— Tu es certaine que ça ira? demande Élisabeth en se pinçant les lèvres.

*Non!* voudrait crier Savanna.

— Bien sûr, répond-elle. Maintenant, allez-y et apprenez tout plein de trucs intéressants.

— On revient pour le dîner à midi pile.

Léonie tapote sa montre avant d'enfiler ses gants gris tout doux.

— D'accord, dit Savanna. Je serai là.

Comme si elle avait le choix!

Lorsque ses amies tournent les talons, la gorge de Savanna se serre. Elle les regarde se diriger vers le râtelier à skis, déverrouiller leur cadenas et mettre leur équipement. Quelques minutes plus tard, elles s'assoient sur le télésiège à trois places en direction du sommet, laissant une place libre au milieu. *Ma place!* se dit Savanna en regardant ses amies s'éloigner et rapetisser à mesure qu'elles montent.

Détachant difficilement son regard des pentes, Savanna fixe le plâtre calé sur les coussins. Son plâtre. Un plâtre nul et agaçant qui l'empêche de faire quoi que ce soit. Soulevant sa jambe à quelques centimètres du coussin, elle laisse retomber son énorme pied encombrant. Elle le regrette aussitôt. Une onde de douleur se propage dans sa jambe.

Poussant un immense soupir de dépit, Savanna prend son livre et commence à lire. Elle espère que sa lecture la distraira et lui fera oublier où elle se trouve et ce qu'elle manque. Mais l'histoire est banale et monotone, et les minutes s'écoulent très, très lentement. Savanna a l'impression que midi n'arrivera jamais.

À 11 h 58, elle aperçoit ses amies qui descendent la pente. Elles s'arrêtent en dérapant devant le chalet principal et détachent leurs planches. Elles font irruption à l'intérieur, les joues roses et le sourire épanoui.

— Comment a été ta matinée? demande Léonie en ouvrant la fermeture éclair de son anorak.

Elle se laisse tomber à côté de Savanna.

— Je meurs de faim! s'exclame Élisabeth en enlevant sa tuque en laine polaire et en faisant voler la neige partout. Qu'est-ce que tu prends aujourd'hui, Savanna? Des doigts de poulet ou la chaudrée de palourdes? Les deux sont servis avec frites et boisson gazeuse, bien sûr.

— Je crois que je vais prendre une salade, répond Savanna en constatant qu'elle n'a pas envie de nourriture indigeste.

Elle n'a pas dépensé beaucoup d'énergie à tourner les pages de son livre, et les œufs qu'elle a mangés au déjeuner lui sont restés sur l'estomac.

— Comme tu veux, dit Élisabeth. Moi, je prends le poulet avec une portion supplémentaire de frites. Toutes ces descentes m'ont vraiment creusé l'appétit.

*Et moi, toutes ces heures passées sur ce fauteuil m'ont vraiment... ennuyée,* se dit Savanna. Mais elle garde cette pensée pour elle. Elle sait que son amie n'a pas voulu être méchante, et elle ne veut pas lui faire de la peine.

— Je suis tellement contente que vous vous amusiez, ajoute-t-elle avec un sourire forcé. Les conditions ont l'air hallucinantes. Vous allez devoir me faire un compte rendu complet de l'état des pistes.

— Elles sont absolument parfaites, poursuit Élisabeth. Et tu avais tout à fait raison au sujet d'Éric. Non seulement il est adorable, mais c'est un moniteur formidable. J'ai déjà amélioré mes virages!

— Et tu as vu? Je suis presque sèche! fait remarquer Léonie qui pivote en tapotant son derrière. Je ne suis pas tombée aussi souvent aujourd'hui... Enfin, il m'est arrivé de perdre l'équilibre. Mais je réussis à reprendre appui sur la neige et à me redresser presque à chaque fois. Je ne laboure plus la piste!

Savanna ne peut s'empêcher de rire. En deux jours seulement, Léonie semble avoir fait de réels progrès dans la poudreuse. N'empêche que, malgré son rire, Savanna éprouve une pointe d'envie et de tristesse.

Ses amies n'ont pas besoin d'elles pour devenir expertes sur les pentes. Pire encore, elle ne leur a même pas manqué; elles avaient bien trop de plaisir ensemble, et avec Éric! Durant le dîner, elle fait de son mieux pour prendre part à la conversation et paraître enthousiaste, mais dès que ses amies retournent sur la montagne, le moral de Savanna flanche. Elle se mord la lèvre pour ne pas pleurer en observant ses amies qui attachent leurs planches en riant. C'est peine perdue : elle se sent totalement, complètement déprimée. Et, comme elle le réalise soudain, elle en a aussi totalement, complètement marre de regarder des skieurs et des planchistes (dont ses deux meilleures amies) s'en donner à cœur joie sur les pentes parfaitement enneigées.

## Chapitre 6

# La grosse dame

Lorsqu'un rayon de soleil doré filtre dans le dortoir tôt le lendemain matin, Savanna se retourne et enfouit sa tête sous l'oreiller pour ne pas le voir. Elle se rendort sûrement, car à son réveil, c'est toute la pièce qui est baignée de lumière. Ses cheveux sont plaqués contre sa joue en sueur, et les lits de ses amies sont vides.

Son plâtre fait un bruit sourd lorsqu'elle le pose lourdement sur le plancher. Elle descend déjeuner en clopinant, se disant qu'Élisabeth et Léonie ont probablement commencé à manger sans elle. Mais en entrant dans la cuisine, elle constate qu'elles ne sont même pas là.

— Bonjour, ma chérie! dit la mère de Savanna d'une voix enjouée.

Assise à la table, elle lit son journal en buvant son café.

— Bonjour, marmonne Savanna en promenant son regard autour d'elle, encore engourdie de sommeil. Où sont Éli et Léo?

La salle de bains est trop exiguë pour qu'elles y

soient toutes les deux, et le salon est vide.

— Et papa? ajoute-t-elle.

— Éric a offert aux filles une leçon de ski gratuite, mais à condition qu'elles arrivent avant le début des leçons normales. Ton père les a conduites à la station.

Savanna sent que sa mère étudie son visage dans l'attente d'une réaction. Elle fait de son mieux pour ne pas montrer qu'elle se sent exclue.

— Espérons qu'il ne chantera pas, plaisante Savanna sans grande conviction.

— Au moins, le trajet est court, dit sa mère en lui passant la boîte de céréales. J'ai pensé qu'on pourrait rester ici toutes les deux aujourd'hui, lire et peut-être faire des biscuits avant d'aller rejoindre les filles pour le dîner.

Savanna sait bien que sa mère tente de la distraire, mais la dernière chose dont elle a envie, c'est de supporter son regard compatissant… toute la journée. Elle se sent encore plus démoralisée.

— J'avais l'intention de retourner à la station et de les attendre là-bas, dit Savanna en haussant les épaules.

Elle fourre quelques flocons de céréales dans sa bouche avant de remplir son bol. Elle tente de manifester un minimum d'enthousiasme (et d'appétit), mais la perspective de manger des céréales froides et de passer une autre journée ennuyeuse au chalet de la station n'a rien de réjouissant.

La mère de Savanna paraît préoccupée.

— Si c'est ce que tu veux, dit-elle lentement. Léonie

et Élisabeth ont mentionné qu'elles voulaient dîner avec toi. Et j'imagine que je pourrais retourner là-bas avec ton père. On a trouvé un magnifique sentier hier. Je dois avouer que c'est plus agréable que je le pensais de faire de la raquette. Qui aurait cru que ça pouvait être si amusant de ralentir un peu?

*Pas moi,* se dit Savanna. Elle est profondément irritée d'avoir à ralentir. Avec un soupir de résignation, elle en conclut que les doigts de poulet seront probablement le clou de sa journée.

Après s'être installée dans le fauteuil le plus confortable du chalet principal qu'elle ait trouvé et avoir posé son plâtre sur un tabouret, Savanna sort de son sac trois livres de poche récents. Elle a fait une razzia dans la pile de livres de Léonie (son amie en a apporté une dizaine), et espère que l'un d'eux lui permettra de s'évader, au moins en pensée. Elle vient tout juste de commencer le premier, un roman à énigme, lorsqu'elle aperçoit du coin de l'œil un anorak rose volant à basse altitude et se déplaçant à toute allure vers sa cheville en hurlant.

D'un geste vif, Savanna laisse tomber son livre et tend le bras pour protéger sa jambe blessée. Le projectile matelassé s'arrête, mais les cris continuent de résonner.

— Tout doux, dit Savanna dont le propre cœur bat à tout rompre. Où es-tu là-dedans, dis-moi?

La petite personne tout emmitouflée est

complètement cachée sous une tuque, un foulard, un capuchon, un anorak rose et une salopette bouffante assortie. Repérant le bout du foulard rayé et pelucheux, Savanna entreprend de le dérouler.

Une fois qu'elle a partiellement dégagé la tête de l'enfant, les hurlements se changent en petits cris étouffés.

— Est-ce que ça va? demande Savanna.

Peut-être que l'enfant suffoque là-dessous. Constatant que sa tuque est descendue et qu'elle lui couvre presque tout le visage, Savanna la lui enlève et découvre une fillette d'âge préscolaire, blonde et toute rouge. La panique se lit dans ses yeux.

— Elle est partie? demande l'enfant.

À la seconde où Savanna lui retire ses mitaines, elle agrippe sa main et la serre fort.

— Elle est partie? répète-t-elle.

— De quoi parles-tu?

Savanna promène son regard autour d'elle. Il règne dans le chalet l'animation habituelle et modérée du milieu de la matinée, mais sans plus.

— La grosse dame, dit la fillette.

Elle frissonne malgré ses nombreuses couches de vêtements.

— La quoi? demande Savanna, perplexe.

— La grosse dame géante. Celle qui monte et descend la montagne! Celle qui gronde très fort!

La voix de la pauvre enfant ressemble à une plainte.

— Tu veux parler de la dameuse?

Savanna ne peut s'empêcher de sourire. Quand elle était petite, les énormes engins à chenilles la terrifiaient aussi. Aujourd'hui, elle déteste seulement les petites mottes de neige glacée qu'ils laissent parfois derrière eux.

— Oh, ces dames n'ont pas le droit d'entrer, explique-t-elle calmement.

La fillette prend une grande inspiration et relâche un peu la main de Savanna.

— Elles n'ont pas le droit?

— Non. L'entrée leur est interdite. Non seulement c'est contraire au règlement, mais elles sont trop grosses pour passer. On est en parfaite sécurité ici. Et tu sais quoi?

L'enfant secoue la tête.

— En réalité, elles sont très gentilles, souffle Savanna.

La petite reste bouche bée.

— Vraiment. Elles travaillent pour Frosty, ajoute Savanna.

— Le bonhomme de neige? s'étonne la fillette en écarquillant les yeux, émerveillée.

— Le seul, l'unique Frosty.

Savanna hoche la tête d'un air grave avant de lui demander son nom.

— Noémie, répond la petite fille.

— Enchantée, Noémie. Je m'appelle Savanna. Alors,

euh… où devrais-tu être? demande-t-elle.

Depuis un petit moment déjà, elle surveille l'entrée du coin de l'œil au cas où un parent viendrait réclamer l'enfant, mais le chalet est presque désert. Savanna est sur le point de proposer qu'elles se rendent à la réception lorsqu'une adolescente en proie à la panique fait irruption dans le chalet. La fille est grande, plus âgée que Savanna, et complètement hors d'haleine. En apercevant Noémie, elle paraît visiblement soulagée et se précipite vers elles.

— Oh, super! halète-t-elle. Tu l'as trouvée. La dernière fois, elle a couru jusqu'à la boutique de location.

— Je cours vite, déclare Noémie en hochant la tête.

— Je m'appelle Chloé, dit la jeune fille en tendant la main.

Savanna lui tend sa main gauche, puisque Noémie tient toujours sa droite.

— Savanna.

— Elle connaît Frosty, dit Noémie.

— Génial! dit Chloé en reprenant peu à peu son souffle. Mais il faut retourner là-bas maintenant. J'ai laissé cinq autres enfants à la garderie.

Savanna n'y comprend rien.

— Ils prennent des leçons, explique Chloé. Leurs parents les déposent ici le matin pour pouvoir skier seuls. Ils ont tous une leçon à différents moments de la journée, mais ils passent aussi beaucoup de temps avec moi à la garderie. Je suis toute seule, car l'autre fille qui a été engagée ne s'est pas présentée cette semaine.

Chloé prend l'autre main de Noémie.

— Mais je ne veux pas t'ennuyer avec ça.

Elle sourit à Savanna et secoue la tête.

— Je suis un peu à bout de nerfs. Allons-y, petite.

Chloé tire doucement la main de Noémie, mais celle-ci refuse de lâcher Savanna.

— Et si je vous raccompagnais? À mon rythme, bien sûr, propose Savanna.

Elle roule les yeux en désignant sa jambe impotente et prend ses béquilles.

— Oh, tu ferais ça? Ce serait vraiment super.

Chloé lui sourit avec reconnaissance et ramasse les vêtements de Noémie ainsi que le sac de livres de Savanna.

— Dieu sait ce qu'ils fabriquent là-bas!

Elle hoche la tête vers une porte au bout du long couloir. Des cubes en mousse volent à l'extérieur de la pièce, et Savanna entend des hurlements de ravissement de même que des cris moins joyeux provenant de l'intérieur. Ça semble être le chaos total.

En effet, le local est dans un désordre indescriptible. Noémie entraîne fièrement Savanna au milieu de la pièce, comme s'il s'agissait d'un nounours géant qu'elle aurait apporté pour une présentation orale. Savanna se retient pour ne pas rire. Les gamins ont formé un énorme tas au milieu de la pièce avec tout ce qui leur est tombé sous la main, en commençant par les chaises et en terminant par les anoraks. Ils tentent maintenant de faire s'écrouler la montagne d'objets avec le peu qu'il leur reste : des bouteilles d'eau, des sacs-repas, des livres… tout ce qui n'a pas encore été jeté au milieu. Seul un enfant est assis tranquille dans un coin, la tête sur ses genoux. Savanna se dit qu'il doit bouder.

— O.K., O.K.! dit Chloé pour attirer l'attention des enfants. C'est l'heure du ménage. Je veux que tout le monde range quatre objets. Je commence.

Chloé suspend plusieurs anoraks à des crochets tandis que Savanna se cale dans un fauteuil. Les enfants se mettent à ramasser des choses à leur tour, et pendant une minute, tout semble bien se passer. Puis une fille avec des tresses et un garçon avec des boucles tentent de ranger le même cube, et le tumulte reprend.

Sans prendre le temps de réfléchir à ce qu'elle dit, Savanna lève une main et annonce :

— Tous ceux qui ont rangé quatre objets peuvent venir s'asseoir avec moi pour une histoire.

Trois gamins s'approchent en traînant les pieds et s'assoient en tailleur devant Savanna. Noémie lui tend un livre intitulé La *mitaine*, et vient se blottir contre sa jambe indemne.

Savanna a à peine lu trois pages que tout le monde est assis en silence et écoute. Même le garçonnet seul dans son coin se tourne un peu pour mieux entendre.

À la fin de l'histoire, Chloé pose une main sur l'épaule de Savanna.

— Promets-moi de ne jamais me quitter, dit-elle à la

blague en battant des cils.

Savanna rit.

— De toute façon, qu'est-ce que je pourrais faire d'autre avec ça? dit-elle en hochant la tête en direction de son plâtre. J'en ai pour un bon moment avant de refaire de la planche, ça c'est sûr.

— Attends, tu parles sérieusement?

Chloé a l'air stupéfaite.

— Tu veux dire que tu peux rester pour m'aider?

C'est difficile de résister à son regard rempli d'espoir.

— Bien sûr, répond Savanna.

Elle hausse les épaules et contemple la pièce aux couleurs vives tandis que les bambins courent et sautent partout. Elle n'a pas une grande expérience de gardiennage, mais ça n'a pas l'air bien compliqué. De plus, ce sera plus agréable de passer du temps avec les enfants que de rester assise à pleurer sur son sort.

La matinée passe incroyablement vite. Après les histoires, certains enfants ont une leçon, et les habiller n'est pas une mince affaire. Lorsqu'ils partent, il reste juste assez de temps pour jouer un peu au jeu du mouchoir avant que les gamins commencent à réclamer à manger.

À la longue table d'un côté de la pièce, Chloé et Savanna ouvrent des sacs-repas isothermes contenant du lait au chocolat, des bâtonnets de fromage à effilocher, des fruits et des sandwichs. Elles épongent des dégâts, essuient des mentons et installent même quelques-uns des plus jeunes sur des couvertures pour qu'ils fassent la sieste dans le coin-détente. Lorsque Savanna regarde enfin sa montre, il est 16 heures, et les parents arrivent pour récupérer leurs enfants. Savanna fait un câlin à Noémie, qui annonce à son père d'un ton animé que sa nouvelle amie connaît Frosty.

— Le bonhomme de neige? Vraiment?

Noémie acquiesce avec enthousiasme.

— Est-il aussi joyeux qu'il en a l'air? demande son père.

— Tout à fait, répond Savanna en riant.

Noémie montre à son père le dessin qu'elle a fait tandis qu'il rassemble ses vêtements.

— Merci pour ton aide, dit-il en remettant quelques billets à Savanna en guise de pourboire.

Quelques autres parents en font autant avant de partir. Savanna fourre l'argent dans ses poches et, au moment où le dernier enfant quitte la pièce, elle l'offre à Chloé.

— Tiens, dit-elle en lui tendant les billets.

Chloé retire de sa poche sa propre pile de billets.

— On partage les pourboires moitié-moitié, explique-t-elle en comptant 20 dollars pour Savanna. Et si tu veux revenir pour le reste de la semaine, je peux m'informer pour savoir combien la station te paiera. Il faudra probablement que tu remplisses quelques formulaires.

Savanna fixe les billets dans sa main en clignant des yeux. Elle n'avait pas songé qu'il pouvait s'agir d'un véritable emploi.

— Alors... est-ce que tu peux être là demain à 9 h 30?

La planche vert clair Burton de la boutique de la station (sa planche vert clair Burton) apparaît brièvement dans l'esprit de Savanna. Déjà, ces 20 dollars la rapprochent du jour où elle en sera officiellement propriétaire. De plus, elle se voit offrir l'occasion de sauver sa semaine de ski ratée. Grâce à sa journée passée avec les enfants, elle entrevoit la lumière au bout du tunnel.

— Je serai là, répond Savanna avec un grand sourire.

# Chapitre 7

## Couper-coller

— Où étais-tu à midi? demande Élisabeth à la seconde où Savanna monte dans la navette.

— Oui, tu nous as manqué, dit Léonie.

Elle semble de meilleure humeur qu'Élisabeth et offre de tenir les béquilles de Savanna pendant que celle-ci s'installe sur un siège.

— On est arrivées un peu en retard pour manger un bol de chili, mais on ne t'a trouvée nulle part.

— Et Léonie n'a pas voulu partager une portion de doigts de poulet avec moi, râle Élisabeth.

Savanna se sent coupable. Elle avait complètement oublié qu'elle devait dîner avec ses amies!

— Désolée, les filles. Il y a eu un imprévu.

— Un imprévu? répète Élisabeth.

— Je sais. C'est fou, n'est-ce pas? Vous n'allez pas me croire, mais… j'ai décroché un emploi, annonce Savanna gaiement.

Elle est très fière d'avoir quelque chose d'intéressant à raconter à propos de *sa* journée.

— Tu as quoi? demande Élisabeth, estomaquée.

Léonie est sans voix.

Et lorsque Savanna leur explique comment s'est déroulé son après-midi, et comment elle a l'intention d'occuper le reste de sa semaine, ses deux amies restent bouche bée.

— Mais pourquoi? finit par demander Élisabeth.

Savanna ne saurait dire combien de fois Élisabeth s'est plainte que ses jeunes frères et sœurs la rendaient dingue. S'il n'en tenait qu'à elle, tous les enfants de moins de six ans seraient mis en cage.

— En fait, ils sont plutôt mignons, poursuit Savanna avec un haussement d'épaules. Et drôles, aussi.

Elle omet de mentionner que le fait que Noémie l'idolâtre comme une sorte de super-héros seulement parce qu'elle peut atteindre la tablette la plus haute n'est pas désagréable non plus.

— Du moment qu'ils ne bavent pas, qu'ils ne se mouchent pas sur moi et que je n'ai pas à leur changer la couche... ils sont plutôt charmants.

— Attends... Tu changes des *couches?*

Léonie ouvre des yeux ronds tandis qu'elles descendent de la navette.

— Non, non. Pas de panique. Ils sont tous propres, précise Savanna. Le pire qu'on a à faire, c'est de les moucher.

Élisabeth pousse un soupir de soulagement.

— Eh bien, tant mieux. Car si tu t'étais mise à changer des couches pour le plaisir, il aurait fallu passer une autre journée à l'hôpital.

— Ah bon? Et pourquoi? demande Savanna sans comprendre.

— Parce qu'on aurait exigé que tu passes une radiographie du cerveau.

Au souper, les parents de Savanna sont tout aussi surpris que ses amies en apprenant la nouvelle.

— Quel heureux hasard! dit son père. Tu es sûrement contente d'occuper tes journées tout en gagnant un peu d'argent.

Savanna approuve d'un signe de tête tandis que ses amies et elle débarrassent la table et commencent à laver la vaisselle. Quand elles ont terminé, elles s'installent sur le canapé du salon.

— Chloé est super sympa, déclare Savanna pendant que Léonie lui peint les ongles d'orteils en violet. J'ai tellement hâte que vous fassiez sa connaissance. Peut-être demain midi?

— Ne bouge pas, la réprimande Léonie.

Le pied plâtré de Savanna repose sur ses genoux.

— J'ai failli salir ton pantalon.

Elle applique le vernis sur le petit orteil de Savanna, qui dépasse du plâtre.

— Je ne suis pas sûre pour demain. J'avais l'intention d'emmener Léonie dîner au Relais maintenant qu'elle peut descendre les pistes intermédiaires, explique Élisabeth, le visage rayonnant de joie. Tu devrais la voir, Savanna. Léonie est très douée pour la planche à neige. Qui l'aurait cru?

Le sourire de Savanna s'évanouit. *Elle* l'aurait cru. Mais elle croyait aussi que ce serait elle qui initierait Léonie à la planche à neige, pas Élisabeth. Tout comme elle croyait qu'elles seraient trois à célébrer au Relais (le restaurant au sommet de la montagne) après leur première piste intermédiaire.

— J'adorerais le porter. Tu es certaine que ça ne te dérange pas? demande Élisabeth pour la deuxième fois.

Elle tient contre elle l'anorak turquoise et blanc de Savanna et se tourne légèrement, admirant son reflet dans le grand miroir du chalet principal.

— Certaine. Prends-le. De toute manière, je n'ai pas besoin de manteau là où je vais, dit Savanna en regardant dans le couloir.

Un couple envoie un baiser à son bout de chou et sort. Les enfants arrivent. Il faut qu'elle y aille.

— Vous avez une minute pour venir voir Chloé et les enfants? demande Savanna. J'imagine qu'ils sont presque tous déjà là.

— Oh, mais… Éric nous attend, dit Léonie, mal à l'aise. On lui a dit que…

— On sera de retour avant 16 heures, l'interrompt Élisabeth. On rencontrera tout le monde à ce moment-là, d'accord?

Léonie sourit tristement à Savanna avant de sortir, et cette dernière agite faiblement la main avant de s'engager dans le couloir d'un pas lourd.

Ce matin, Savanna a décidé de laisser tomber complètement les béquilles. Maintenant que sa cheville ne lui fait plus aussi mal, elle parvient à se déplacer assez bien sans elles. Pas assez bien pour retourner sur les pentes, naturellement. Mais quand même. Elle se demande pourquoi on appelle ce genre de plâtre une « botte de marche ». Ce qu'elle fait *(un pas, un toc, un pas, un toc)* n'est pas tout à fait marcher. L'expression « botte de boiterie » conviendrait mieux.

Ouvrant grand la porte qui donne sur la pièce aux couleurs vives, Savanna se fait presque renverser. Elle ne saurait dire qui est le plus content de la voir : les enfants ou Chloé? Celle-ci se tient entre deux bambins et tente de découvrir, malgré les cris de chacun, qui a pris le chapeau de qui.

— Savanna! Tu es revenue! s'exclame-t-elle, l'air presque surprise.

— J'avais dit que je viendrais, non?

Savanna sourit tandis que plusieurs paires de petits bras entourent ses jambes.

— Qui veut faire des casse-tête? demande-t-elle.

Trois ou quatre gamins courent vers l'étagère à casse-tête, et les deux qui se chamaillaient pour un chapeau s'installent avec un jeu. Une fois que tous les enfants sont absorbés dans leurs activités, Chloé prend un moment pour venir parler à Savanna.

— Tu es douée pour calmer les enfants, dit-elle, reconnaissante. Crois-tu que tu es aussi douée pour les dérider?

Elle hausse les sourcils et hoche la tête vers le coin-détente, où s'élève une montagne de coussins. Savanna regarde dans cette direction, perplexe. C'est alors qu'elle aperçoit une petite botte qui dépasse, ainsi qu'une main.

— C'est ce que nous allons voir, dit Savanna en marchant tant bien que mal jusqu'au coin-détente.

Se laissant glisser le long du mur, elle s'assoit à côté du tas de coussins. Lentement, elle enlève un coussin à la fois, les jetant plus loin jusqu'à ce qu'elle découvre un pied, une main, deux jambes, un corps, une paire de bras croisés et un visage renfrogné sous une tuque à rayures rouges. L'examinant de plus près, elle découvre alors la raison de sa mine boudeuse. Le garçonnet a un plâtre au bras gauche.

— Salut. Je m'appelle Savanna.

Le petit ne dit rien.

— Hum, allô-ôôô?

Il reste muet.

Savanna est sincèrement désolée pour lui. Elle sait très bien comment il se sent; tous les deux se retrouvent avec un plâtre. La protection rigide aidera peut-être leurs os à se ressouder correctement, mais elle ne manque pas de leur rappeler brutalement tous les plaisirs dont ils sont privés.

— Tu as vu le mien? demande-t-elle en levant le pied et en l'abaissant lentement. On va bien ensemble.

Le garçon ne sourit pas, mais sa bouche tressaille.

Soudain, Savanna a une idée. Elle jette un coup

d'œil vers l'armoire à bricolage dans le coin opposé. Sur les portes, des étiquettes indiquent : CISEAUX. COLLE. PAPIER. RUBAN ADHÉSIF. RÈGLES. AUTOCOLLANTS. MAGAZINES. Savanna sourit à l'enfant silencieux qui fixe toujours son pied plâtré.

— J'aimerais te montrer quelque chose, dit-elle sur un ton conspirateur. Mais d'abord, tu dois me dire ton nom.

Le garçonnet hésite un instant, puis se penche vers Savanna.

— Félix, chuchote-t-il.

— Enchanté, Félix. Es-tu prêt à transformer ton plâtre?

Elle lui prend la main, le guide vers la table près de l'armoire à bricolage et sort une pile géante de magazines de ski et de sport.

— Si tu découpes tes photos favorites, on pourra les coller sur ton plâtre pour faire un collage. Ce sera comme porter une superbe œuvre d'art sur ton bras, une œuvre que tu auras réalisée toi-même!

Le regard de Félix s'illumine, et il commence à feuilleter les magazines en silence. Ce sont les photos de voitures qu'il préfère, et il en découpe de toutes les formes, grandeurs et couleurs. Le choix de Savanna se porte sur les photos de sports d'hiver. Ils découpent des images durant tout l'avant-midi, puis s'attaquent au collage (avec beaucoup d'aide) après le dîner. À la fin de la journée, le plâtre de Félix est recouvert de découpures, et le résultat est stupéfiant. À vrai dire, il fait l'envie de tous les enfants dans la pièce. Lorsque ses parents viennent le chercher, il est impatient de leur montrer son plâtre, et ceux-ci sont ravis de voir qu'il a retrouvé sa gaieté.

— À bientôt, Félix, dit Savanna qui s'approche en clopinant. Joli plâtre, ajoute-t-elle avec le sourire.

Félix sourit timidement.

— Joli plâtre, dit-il, lui retournant le compliment.

À part son prénom, ce sont les seuls mots qu'il a prononcés de toute la journée. Et Félix a raison. Le plâtre de Savanna a vraiment fière allure, lui aussi, avec son collage.

Il ne reste presque plus rien à ranger dans la pièce lorsque Chloé suggère à Savanna de partir tout de suite.

— Je peux m'occuper du reste, dit-elle, pourvu que tu promettes de revenir demain.

— Pas de problème, répond Savanna.

Elle est fatiguée de sa longue journée, mais elle ne s'est pas sentie aussi bien depuis son accident. Le fait d'avoir rendu sa bonne humeur à Félix lui a remonté le moral, à elle aussi. Pourtant, quelque chose la tracasse toujours. Retroussant sa manche pour vérifier l'heure, elle comprend de quoi il s'agit.

Il est plus de 16 heures, et Léonie et Élisabeth ne sont pas venues.

Elle pousse la porte et scrute le long couloir. Elle espère que ses amies sont seulement en retard et qu'elle les verra se précipiter pour la rejoindre. Elles ont déjà manqué les enfants, mais si elles arrivent bientôt, elles pourront au moins visiter la garderie et faire connaissance avec Chloé. Mais les seules personnes qui se trouvent dans le couloir sont des skieurs qui se hâtent d'aller faire une dernière descente, ainsi que des familles qui tentent de rassembler toutes leurs affaires avant de retourner à leur chalet ou condo.

Savanna laisse la porte se refermer et s'attarde un peu, enlevant de la colle sur la table en grattant avec son ongle. Lorsque la porte s'ouvre une minute plus tard, elle lève les yeux, excitée. Ce ne sont pas ses amies, mais Lily.

— Comme tu as l'air heureuse de me voir, la taquine sa tante en la serrant dans ses bras.

Savanna soupire.

— Je suis heureuse de te voir. Seulement, j'attendais Léonie et Élisabeth.

— Ah, eh bien, c'est sûr que ce n'est pas la même chose, reconnaît sa tante. Je voulais savoir comment allait ta cheville. Je vois que tu n'utilises déjà plus tes béquilles.

La tante de Savanna hausse les sourcils, comme si elle doutait que ce soit une bonne idée.

Savanna hoche la tête. Sa cheville l'élance de nouveau, mais elle ne veut pas l'avouer.

— Oui. Je me sens bien, ment-elle.

— Bonjour, Lily, dit Chloé en s'approchant. Comment ça se passe sur les pentes?

— Ce n'était pas si mal aujourd'hui, malgré la relâche, répond Lily. Et comment ça va ici?

— Tout va très bien, répond Chloé, grâce à Savanna. Elle m'a été d'un grand secours. L'ennui, c'est que je n'arrive pas à la chasser quand c'est le temps...

Chloé agite ses clés.

— On ferme!

— Moi, je sais quand c'est le moment de partir, déclare Lily en se faufilant dans le couloir. À très bientôt, Savanna. Et essaie de ménager ta cheville, d'accord?

Savanna salue sa tante d'un petit signe de la main et rappelle à Chloé qu'elle reviendra demain matin. Elle se dirige ensuite vers l'arrêt de la navette. Maintenant que le soleil a disparu derrière les montagnes, l'air est extrêmement froid. Savanna grelotte dans son chandail et regrette de ne pas avoir son anorak. Lorsqu'elle l'a prêté à Élisabeth ce matin, elle croyait qu'elle le récupérerait avant de rentrer. Elle frissonne de nouveau au moment où elle montre son laissez-passer au chauffeur en grimpant dans la navette. Elle se demande pourquoi ses amies ne sont pas venues. Peut-être que Léonie a eu peur des petits nez morveux. Ou peut-être qu'elles ont simplement oublié.

Ou peut-être que... ses amies s'amusent davantage sans elle.

Chapitre 8

# Sans rancune!

Il fait déjà noir depuis un moment lorsque Léonie et Élisabeth entrent dans le chalet d'un pas lourd et bruyant. Elles ont les yeux brillants et les joues rougies par le froid.

— Mes courbatures sont courbaturées! s'exclame Élisabeth en enlevant son anorak (enfin, celui de Savanna) et en s'affaissant sur le canapé à côté de Savanna.

— Et moi, j'ai des bleus sur mes bleus, renchérit Léonie en secouant sa tuque couverte de neige.

Malgré leurs lamentations, il est évident que ni l'une ni l'autre ne regrette le moindrement sa journée. Elles semblent plutôt s'être amusées comme des folles.

— J'ai l'impression d'être une nouille! dit Léonie.

Elle laisse ses bras pendre mollement comme des spaghettis pour illustrer son propos.

— Dommage qu'on ne mange pas de pâtes ce soir, dit Savanna avec un sourire forcé.

Il y a déjà une heure qu'elle est rentrée et qu'elle attend en ruminant.

— Qu'est-ce qu'on mange? demande Élisabeth.

Elle balaie la cuisine du regard et répond elle-même à sa question en apercevant des boîtes carrées sur le comptoir.

— Miam, de la pizza! Je pourrais en manger à tous les repas.

Tant mieux, car il semble bien que c'est ce que tu devras faire, pense Savanna. Elle a suggéré de la pizza pour souper, et sa mère a approuvé. La pizza est la seule chose au menu du Relais, elle sait donc que Léonie et Élisabeth en ont déjà mangé aujourd'hui. Elle espérait secrètement qu'elles en auraient assez de la pizza, mais lorsque ses amies accueillent avec enthousiasme l'idée d'en manger de nouveau, Savanna regrette de ne pas avoir fait ajouter des anchois.

— Le souper va être froid. Dépêchez-vous d'aller vous changer, dit Mme Hébert en entrant dans la cuisine.

Elle les chasse du salon et les suit en haut.

M. Hébert s'assoit à la table.

— Comment étaient les bébés aujourd'hui?

— Ce ne sont pas des bébés, le reprend Savanna, mais des petits enfants. Et ils allaient bien.

Elle a commencé à mettre le couvert et se concentre sur sa tâche, ignorant les rires qui lui parviennent d'en haut. Fourchette. Couteau. Serviette de table. Fourchette. Couteau. Serviette de table.

Une fois qu'ils sont tous rassemblés autour de la

table et qu'ils se sont servi un morceau de la pizza favorite de Savanna (cœurs d'artichaut, champignons et saucisses), ils attaquent le repas.

— Mmmm, fait Élisabeth en hochant la tête. C'est le mélange parfait, et je n'aime même pas les artichauts.

— Mmmm, approuve Léonie. C'est bien meilleur qu'au Relais.

De nouveau, Savanna se force à sourire. La pizza du Relais passe directement du congélateur au micro-ondes. C'est loin d'être de la gastronomie. Pourtant, Savanna est convaincue qu'elle aurait meilleur goût que celle qu'elle mange actuellement. Son humeur contamine tout autour d'elle et, en ce moment, sa pizza préférée a un goût de vieille éponge.

— J'aurais voulu que tu sois avec nous aujourd'hui, dit Léonie.

Elle jette un regard anxieux à Savanna, mais celle-ci détourne les yeux.

— Oui, tu aurais dû voir les culbutes qu'on a faites! poursuit Élisabeth en riant. À certains moments, on a perdu tellement de trucs qu'on ne parlait plus de vente-débarras, mais bien de marché aux puces. Surtout dans le cas de Léonie!

Elle donne une petite poussée à Léonie, et celle-ci a un mouvement de recul.

— Aïe, mon bleu! glapit-elle.

— Mais bien sûr, personne n'a fait de chute aussi spectaculaire que la tienne, lâche Élisabeth en s'adressant à Savanna.

Dès qu'elle a prononcé ces mots, elle prend un air coupable, comme si elle voulait rattraper ses paroles.

— Enfin, tu n'as pas perdu ton équipement ni rien, mais, euh, tu dois admettre qu'en matière de chutes... c'est toi qui remportes la palme, dit Élisabeth en tentant de se racheter.

Savanna hausse les épaules.

— C'était tout une chute, c'est vrai.

— Tu n'es pas la seule à qui ça arrive, dit Léonie en espérant faire passer la pilule.

— Bien sûr que non, intervient M. Hébert en suivant le mouvement. Comment croyez-vous que ma sœur arrive à payer les factures? Elle compte sur les accidents.

— L'un des bouts de chou dont je m'occupe a un bras cassé, dit Savanna pour changer de sujet.

Elle se sent déjà assez mal comme ça, elle n'a pas besoin qu'on lui rappelle qu'elle est la cause de cette situation désolante. Si elle n'avait pas tenté cette cascade stupide, sa cheville se porterait très bien et elle ne serait pas en train de s'apitoyer sur son sort. De plus, la rancune qu'elle garde contre ses amies la fait encore plus souffrir que sa cheville cassée. Léonie et Élisabeth n'ont rien fait de mal; elles s'amusent, c'est tout. C'est bien pour ça que Savanna les a invitées, non?

— On a décidé de décorer nos plâtres aujourd'hui. Question de nous remonter le moral.

Savanna sourit et soulève son plâtre pour le

montrer à tout le monde.

— Ça alors!

— Génial!

C'est le genre de réaction qu'il lui fallait. Savanna sent son moral remonter en admirant son œuvre. Elle doit reconnaître que le collage qui orne son plâtre est très réussi.

— C'est magnifique, dit Élisabeth en tendant la main pour toucher le collage lisse.

— Je crois qu'il y a tellement de colle là-dessus qu'il est à l'épreuve de l'eau, plaisante Savanna.

Elle pose son pied par terre avec précaution et prend une grosse bouchée. Parsemée de bonne humeur, la pizza est délicieuse.

Assise sur le canapé après le souper, Savanna installe le plateau de Scrabble en attendant. Elle se déplace plus facilement maintenant avec son plâtre, mais ça ne vaut pas la peine de monter et descendre l'escalier à moins que ce soit pour aller dormir.

Elle entend des pas en haut dans le dortoir (Élisabeth et Léonie enfilent des vêtements plus confortables) et s'agite, prête à commencer la partie. Les jetons carrés cliquettent à l'intérieur du sac qu'elle fait passer d'une main à l'autre. Prenant une grande respiration, elle se félicite de ne pas avoir parlé du rendez-vous manqué. Ça ne vaut tout simplement pas la peine de se mettre en colère pour ça. Après tout, elle ne s'est pas montrée non plus au dîner, la veille, alors que Léonie et Élisabeth l'attendaient. Maintenant, au moins, elles sont réunies pour la soirée. L'important, se dit Savanna, c'est de tirer le maximum du temps qu'elles passent ensemble.

La porte du dortoir se ferme et, une seconde plus tard, Léonie et Élisabeth descendent l'escalier dans un bruit de tonnerre.

Savanna reste bouche bée. Elle est affalée sur les coussins du canapé, vêtue d'un pantalon informe et d'un long chandail molletonné. Mais ses amies sont bien habillées, ont mis du brillant à lèvres, et sont prêtes à sortir. Pas le moindre pantalon de pyjama en vue.

— Oh, je crois qu'on a oublié de te dire qu'on allait patiner ce soir, annonce Léonie d'une voix douce en remarquant l'expression de Savanna.

— Oui. Tu devrais venir! On sera plusieurs... ajoute Élisabeth.

Elle sourit, mais ses yeux sont légèrement plissés.

Savanna ne dit rien. Elle regarde ses amies, puis sa jambe, et de nouveau ses amies.

— Je veux dire... pour regarder, reprend Élisabeth avec une boule dans la gorge. On pourrait t'apporter du chocolat chaud, et rester avec toi dans le chalet à tour de rôle...

Savanna fixe son plâtre. Elle a déjà passé beaucoup trop de temps assise dans le chalet de la station depuis son arrivée. De plus, elle n'est pas du type spectatrice. Elle a l'habitude de participer et d'être au cœur de l'action.

— Allez-y, dit-elle d'une voix tendue. Ma mère et moi, on allait jouer un peu au Scrabble.

Léonie sourit.

— Super! dit-elle avec un peu trop d'entrain.

Savanna ne lui rend pas son sourire.

La porte se referme derrière les meilleures amies de Savanna, et sa décision de passer l'éponge ne tient plus. La colère monte dans sa poitrine. Non seulement Élisabeth et Léonie ont passé toute la journée sur les pentes sans elle, mais voilà qu'elles vont aussi patiner sans elle! Elles ont choisi une autre activité qui la laisse à l'écart. En plus, elles ne se sont même pas donné la peine de lui en parler avant d'être pratiquement sur le seuil de la porte.

Démoralisée, Savanna constate que quelques-unes des images de son collage se recourbent en se décollant. C'est la goutte qui fait déborder le vase. Furieuse, elle déchire une découpure et la laisse flotter jusque sur le sol.

Savanna ferme brusquement le plateau du jeu de société et le range dans la boîte avant de se lever. Le sac de lettres à moitié ouvert glisse sur ses genoux, et les jetons de bois s'éparpillent partout sur le plancher à côté du bout de papier. Tant pis! Il n'est pas question qu'elle se mette à quatre pattes pour ramasser tout ça. Laissant les jetons là où ils sont, Savanna grimpe l'escalier d'un pas lourd.

Une fois dans le dortoir, elle met son pyjama et se

brosse les dents d'un geste rageur. *Comment ont-elles pu? Comment ont-elles pu?*

Pelotonnée sous les couvertures, Savanna se tourne et se retourne dans son lit. Il est trop tôt pour dormir. Et trop tard pour s'amuser. Des larmes chaudes lui montent aux yeux, et elle ne se souvient pas s'être jamais sentie aussi seule. C'est presque son anniversaire! Elle est au lac Turmel avec ses amies! Du moins, elles sont censées être ses amies...

De grosses larmes ruissellent sur les joues de Savanna tandis qu'elle fixe les affiches de ski. Élisabeth et Léonie sont parties comme si de rien n'était, l'abandonnant après qu'elle les a invitées ici pour la semaine.

Elle reste étendue là à broyer du noir pendant ce qui lui paraît une éternité. Elle finit sûrement par s'assoupir, car elle sursaute lorsque la porte s'ouvre. Un rayon de lumière s'élargit peu à peu au plafond. Savanna entend des chuchotements.

— Savanna? Tu es réveillée?

*Pour vous, non,* pense-t-elle. Elle roule sur le côté pour leur cacher son visage, gardant la bouche et les yeux fermés.

Non. Elle n'est pas du tout réveillée.

83

## Chapitre 9

# Une soirée
# en tête à tête

Dès que Savanna ouvre les yeux le lendemain matin, une avalanche de sentiments négatifs lui oppresse la poitrine. Tout va mal! Elle se lève sans bruit et prend dans son sac de sport un pantalon en molleton extensible et un t-shirt à manches longues. Ses amies se réveillent à l'instant où elle passe la tête dans l'encolure en V de son chandail molletonné à motifs. Bien qu'elles lui lancent toutes les deux un « bonjour » endormi, Savanna ne répond pas. Pourquoi leur parlerait-elle puisqu'elles l'ont abandonnée? Enfin, elle finira peut-être par leur reparler un jour… une fois qu'elles se seront excusées de leur comportement odieux et qu'elles lui auront demandé pardon.

Savanna descend à la cuisine et se prépare un bol de céréales avec du lait. Elle est en train d'avaler sa dernière bouchée lorsque ses amies apparaissent, l'air enjoué dans leurs salopettes et leurs chandails.

— Tout va bien? demande Léonie d'un ton léger.

Savanna réfléchit à la question pendant une seconde. *Hum, non,* se dit-elle. *Tout ne va pas bien.* En fait, tout va terriblement mal. Comment ses deux meilleures amies peuvent-elles ne pas s'en rendre compte? Elle gratte d'un air malheureux l'une des illustrations qui se décollent peu à peu de sur son plâtre (il y en a plusieurs maintenant). Sous le paysage hivernal idyllique, on peut lire : LES PLAISIRS DE L'HIVER. Savanna tente d'ignorer le nœud dans son estomac.

— Bien sûr. Tout va super bien, répond Savanna d'un ton sarcastique.

Elle veut seulement que ses amies lui disent qu'elles sont désolées, qu'elle leur a manqué hier soir à la patinoire, ou même qu'elles lui sont reconnaissantes de les avoir invitées ici pour la semaine. Mais elles ne disent rien. Savanna apporte son bol à l'évier, prend sa tuque, ses mitaines et son anorak (il n'est pas question qu'Élisabeth le porte aujourd'hui) et sort pour attraper la première navette du matin. Ses amies ne veulent peut-être pas d'elle, mais elle connaît un groupe de petits enfants qui apprécient sa compagnie, sans oublier Chloé.

Quinze minutes plus tard, Savanna descend tant bien que mal de la navette et parcourt des yeux la foule des lève-tôt dans l'espoir d'apercevoir la casquette orangée d'Éric au bas des pentes. Elle a envie de voir son visage amical, de l'entendre l'appeler Moustique et de passer quelques minutes avec lui. Il n'a pas vu son plâtre, et elle n'a pas encore eu l'occasion de l'inviter à son souper d'anniversaire. Elle doit s'assurer qu'il sera là, d'autant plus qu'il semble que ce n'est pas avec ses amies qu'elle va célébrer!

Savanna scrute toujours les alentours à la recherche d'Éric lorsqu'un bambin accourt vers elle en agitant un bras familier au style très artistique. Félix a l'air plus heureux que jamais et lui serre même le genou.

— Nous ne savons pas comment te remercier, dit son père en les rejoignant et en tendant la main à Savanna. Grâce à toi, notre petit bonhomme est redevenu lui-même, malgré son bras cassé.

Savanna sourit à Félix, qui arrache doucement les images qui se décollent sur le plâtre de son pied.

— Pas de problème, dit-elle. C'est toujours agréable de s'entraider, surtout quand il s'agit de faire d'un plâtre une véritable œuvre d'art. N'est-ce pas, Félix?

Le garçon acquiesce énergiquement et tend la main pour agripper le petit doigt de Savanna.

— Nous nous demandions si tu serais disponible pour garder ce soir, continue le père de Félix. Nous sommes invités à un souper, et Félix prétend que les grandes personnes sont ennuyantes. Il préférerait passer la soirée avec toi.

— Ah bon? dit Savanna en baissant les yeux vers son nouvel ami. Tu as dit tout ça?

Félix hoche la tête encore une fois.

— Ce serait de 18 heures à 22 heures, précise son père. Est-ce qu'un montant de 60 dollars te conviendrait?

*Soixante dollars en une soirée!* pense Savanna. C'est exactement la somme dont elle a besoin pour s'acheter cette splendide planche à neige verte. Avec un peu de chance, sa cheville guérira comme prévu, et elle pourra aller sur les pentes avant que la neige fonde au printemps!

— Ça me semble parfait, répond Savanna avec enthousiasme.

C'est de loin la meilleure chose qui lui soit arrivée depuis plusieurs jours. Elle se surprend même à espérer que ce soit la fin de ses malheurs.

Le père de Félix griffonne l'adresse de la maison où ils séjournent et tend le bout de papier à Savanna. Il serre Félix dans ses bras.

— À tout à l'heure, petit homme, dit-il en ébouriffant les cheveux de son fils.

Dès qu'il a tourné les talons, Savanna annonce à Félix qu'ils ont du pain sur la planche.

— J'ai besoin que tu m'aides à réparer mon plâtre.

Maintenant qu'elle se sent mieux, elle veut que son plâtre reflète son état d'esprit. L'air inquiet, Félix observe les images qui se décollent et hoche la tête avec sérieux. Quelques minutes plus tard, ils ont recruté d'autres enfants pour les aider. En moins d'une demi-heure, ils recouvrent le plâtre de Savanna d'une nouvelle couche d'images hivernales, et chacune d'elle est solidement collée. Les plaisirs de l'hiver sont de retour!

Toute la journée, Savanna ouvre l'œil dans l'espoir d'apercevoir Éric, mais en vain. Elle commence à penser qu'elle devra aller se poster au bas des pentes lorsqu'il passe juste devant la garderie.

— Éric! lance-t-elle en agitant frénétiquement la main.

Pendant une seconde, il semble ne pas la reconnaître. Puis il s'approche sans se presser, hochant légèrement le menton en guise de bonjour.

— Salut.

Il sourit et repousse ses cheveux en désordre. Il ne porte pas de tuque, et l'une de ses boucles semble indiquer une fossette dans sa joue droite.

— Enfin, te voilà! dit Savanna.

Elle se demande pourquoi elle n'a jamais remarqué la fossette avant, et s'oblige à détourner le regard.

— Je t'ai cherché toute la journée, ajoute-t-elle, les yeux rivés sur le plancher.

— Oh, euh… désolé, dit Éric.

Il fourre ses mains au fond de ses poches et commence à se balancer sur ses talons.

— Je me demandais si tu avais prévu quelque chose pour demain.

Éric jette un coup d'œil par-dessus son épaule, comme s'il s'attendait à voir arriver quelqu'un.

— Pour demain? répète-t-il. Euh, eh bien…

En se retournant, il évite le regard de Savanna et fixe ses pieds.

— Il faudrait que je voie...

Savanna est subitement envahie d'une impression très désagréable. Éric, habituellement d'un naturel complaisant, n'agit pas comme d'habitude. C'est comme s'ils n'étaient plus amis. Comme s'il était impatient de s'éloigner d'elle.

— Oups, il faut que j'y aille, marmonne-t-il.

Il consulte sa montre (*après* avoir dit qu'il devait partir) puis, sans même regarder Savanna dans les yeux, pivote et lui adresse un signe de la main. Il file en ligne droite dans le couloir à une telle allure que son anorak ouvert aux couleurs de l'école de ski flotte au vent derrière lui.

Savanna sent que tout tourne autour d'elle tandis qu'elle le regarde s'éloigner. Où est passé l'ami avec qui elle skie depuis l'âge de cinq ans? Pourquoi ses amies se retournent-elles contre elle? Demain, ce sera son anniversaire, et elle se sent totalement, et terriblement seule.


La soirée de gardiennage de Savanna la réconforte plus qu'elle ne l'aurait cru. Jamais elle n'aurait pensé qu'elle serait aussi heureuse de manger des croquettes de poulet en forme de dinosaures, ni de regarder *Les Calinours* (deux fois) sur un lecteur de DVD portatif. Mais c'est quand même mieux que de rester à ne rien faire au chalet pendant que ses amies se préparent à passer une autre soirée amusante sans elle. D'ailleurs, elle ne s'est pas donné la peine de leur dire où elle allait. Après avoir appelé sa mère pour lui dire qu'elle allait garder, elle a inventé une excuse pour rester à la station jusqu'à ce que ce soit l'heure de prendre la navette pour aller chez Félix.

Le visage du garçonnet s'est éclairé quand elle est entrée, et il n'a pas cessé de jacasser durant tout le souper. Apparemment, une fois qu'il a retrouvé sa langue, il n'arrête pas de s'en servir. Ses bavardages ne la dérangent pas; au contraire, ça lui occupe l'esprit. Elle le laisse parler, fait jouer le film et, à mi-chemin du deuxième visionnage des *Calinours*, Félix s'endort sur le canapé, la tête sur le bras de Savanna. Celle-ci s'assure que les *Calinours* regagnent bien Tendresseville pour la deuxième fois, puis elle porte le bambin dans son lit et le borde.

— Bonne nuit, murmure-t-elle en remontant l'édredon sous le menton de l'enfant.

— Dors bien, souffle Félix à son tour.


Plus tard, lorsque le père de Félix raccompagne Savanna au chalet, Léonie et Élisabeth sont installées dans le salon et regardent *Méchantes ados* à la télé.

*Tout à fait approprié,* se dit Savanna en passant furtivement derrière elles, ne sachant trop si elle préfère qu'elles l'aperçoivent ou non. Comme par hasard, elles sont trop absorbées par le film pour la voir. Savanna monte donc l'escalier avec l'impression d'être un peu invisible, et un peu malheureuse aussi.

Lorsque les filles entrent dans le dortoir un peu plus tard, Savanna ne dort pas; voilà plus d'une heure qu'elle se débat avec ses couvertures et ses émotions. Même si elle tente de se concentrer sur la charmante soirée qu'elle a passée avec Félix, et de se réjouir d'avoir enfin l'argent nécessaire pour acheter sa planche, elle n'arrive pas à se débarrasser des mauvais sentiments qui l'habitent. Il y a une tache mouillée sur son oreiller, son nez est bouché, et elle a mal à la tête d'avoir trop pleuré. Mais elle n'a aucune envie que ses soi-disant amies le sachent.

— Hé, quand Savanna est-elle revenue? Je ne l'ai même pas entendue entrer, chuchote Léonie.

— Je crois qu'elle ne nous adresse plus la parole, dit Élisabeth.

Sa voix étouffée trahit son inquiétude. Ses chaussures font un bruit sourd en tombant sur le plancher.

— Oui, c'est ce que j'ai remarqué. Elle s'est comportée bizarrement toute la journée, souligne Léonie d'une voix assourdie par la chemise de nuit qu'elle est en train d'enfiler.

— Peut-être que c'est mieux comme ça, ajoute Élisabeth qui semble s'être assise sur la partie inférieure du lit gigogne. Maintenant, au moins, on a la certitude qu'elle ne saura rien.

*Savoir quoi?* Les idées se bousculent dans la tête de Savanna.

— Je crois que tout ira bien, pourvu qu'Éric ne dise

rien, chuchote Élisabeth dans le noir. Mais certains garçons ont beaucoup de mal à garder un secret.

Le cœur de Savanna bat très fort. Elle prête l'oreille tandis que les filles s'installent dans leurs lits. Elle déglutit sans bruit et, lorsque la pièce devient silencieuse, elle laisse une larme tiède rouler sur sa joue et tomber sur l'oreiller déjà imbibé du liquide salé. C'est clair. Juste au moment où elle se rend compte qu'elle a le béguin pour son vieil ami, celui-ci semble attiré par Élisabeth. De toute évidence, ils forment maintenant un couple. Ils ont probablement des projets pour demain, le jour de son anniversaire, et c'est sûrement la raison pour laquelle Éric s'est conduit de façon aussi étrange cet après-midi. Pire encore, Élisabeth ne veut pas qu'elle le sache, et Léonie est dans le secret aussi.

Savanna ajoute mentalement une autre offense à la liste qui s'allonge rapidement : « Trahie » vient rejoindre les « blessée » et « abandonnée ».

Et maintenant, il ne s'agit plus uniquement de Léonie et Élisabeth. Il y a Éric, aussi. Savanna ne parvient pas à chasser de son esprit l'image de son ami la fuyant dans le couloir.

Elle pose brièvement les yeux sur les chiffres lumineux de son réveil, qui indique 23 h 02. Dans moins d'une heure, ce sera son anniversaire.

Le pire de sa vie.

# Chapitre 10

# Un anniversaire déprimant

Le lendemain matin, Savanna est réveillée par une intense démangeaison sous son plâtre et, bien entendu, elle ne peut pas se gratter. Elle ouvre le tiroir de sa table de chevet, s'empare d'un stylo à bille, le glisse entre son mollet et son plâtre et se gratte furieusement. Arrrh! Il n'atteint pas l'endroit qui la démange!

— Zut! grogne Savanna.

Elle promène son regard autour d'elle dans la pièce et constate que :

1) Elle est seule;

2) c'est son anniversaire;

3) il n'y a rien d'assez long et fin pour soulager cette démangeaison qui la rend folle.

Résistant à l'envie de se recoucher et d'enfouir sa tête sous l'oreiller, Savanna rejette plutôt les couvertures. Une fois qu'elle pose les pieds par terre, la démangeaison s'atténue un peu, et elle se dit que ses parents et amies l'attendent probablement en bas avec son petit déjeuner favori : des crêpes aux bleuets garnies de sucre en poudre et de crème fouettée. D'ailleurs, elle est presque certaine d'avoir senti l'arôme des bleuets…

Après avoir enfilé la plus belle tenue de fête compatible avec un plâtre (un pantalon molletonné propre et un chandail en cachemire), Savanna se brosse rapidement les cheveux et descend à la cuisine. Elle est toujours horripilée par l'attitude de ses amies, mais comme c'est aujourd'hui son anniversaire, elle espère que le fait d'être traitée comme une reine lui rendra sa bonne humeur. Elles ne peuvent quand même pas la tenir à l'écart aujourd'hui, n'est-ce pas?

Et pourtant, si! Debout dans l'embrasure de la porte, Savanna contemple la cuisine vide. Il n'y a qu'un seul couvert sur la table, et une note repose sur le dessus de l'assiette.

*Joyeux anniversaire, ma chérie!*

*Nous avons décidé de te laisser dormir, mais nous ne pouvions pas attendre plus longtemps. J'ai dû aller en ville chercher quelques trucs. Les filles sont parties tôt à la montagne. Elles n'ont pas voulu te réveiller non plus. Tes crêpes préférées sont dans le four. On se revoit tout à l'heure à la station.*

*Je t'aime.*

*Maman*

94

Savanna fixe la note, incrédule.

— C'est une blague ou quoi? se demande-t-elle tout haut dans la pièce vide, sachant très bien que ce n'en est pas une.

Elle sent la fureur se déchaîner en elle tandis que ses yeux s'emplissent de larmes. Ni ses parents ni ses meilleures amies ne peuvent l'attendre *le jour de son anniversaire?* Et où sont les cartes et les cadeaux? Elle prend une crêpe desséchée dans le four, en grignote le bord croustillant, et la jette dans l'évier.

— Il n'est que 10 heures, annonce-t-elle à l'horloge numérique au-dessus de la cuisinière.

Et soudain, lorsqu'elle réalise ce qu'elle vient de dire, la colère fait place à l'affolement. Dix heures! Oh non, elle est en retard!

S'emparant de son anorak et de sa tuque, elle sort et avance en titubant jusqu'à l'arrêt de la navette, remarquant à peine que ce sera encore une autre belle journée ensoleillée. Savanna salue le chauffeur de la navette et s'assoit à l'avant pour être l'une des premières à descendre à la station. Le temps semble s'écouler très lentement, car la navette s'arrête à presque tous les coins de rue pour faire monter des skieurs et des planchistes qui s'en vont à la station.

Il est 10 h 30 lorsqu'elle arrive enfin à la garderie.

— Je suis sincèrement navrée, dit-elle hors d'haleine, croulant sous les étreintes des enfants. Je me suis réveillée en retard.

— Ça ne fait rien. Je suis tellement contente que tu sois là! s'exclame Chloé en se libérant de deux bambins exubérants. Je me suis dit que tu viendrais sûrement aujourd'hui.

Elle lui tend une enveloppe.

Savanna la saisit et l'ouvre, se demandant pourquoi Chloé semble trouver que c'est une bonne idée de travailler le jour de son anniversaire. Mais lorsque le contenu de l'enveloppe glisse dans sa main, Savanna constate qu'il ne s'agit pas d'une carte, mais plutôt d'un chèque. Sa première paie!

Avant qu'elle ait même le temps de se réjouir d'avoir assez d'argent pour acheter sa planche et de nouvelles lunettes de ski, Félix lui tire la main, la ramenant vite à la réalité. Il l'entraîne vers la table de bricolage, où un groupe d'enfants en plein travail découpent des illustrations dans des magazines. La décoration de leurs plâtres a fait naître un engouement pour le collage! Savanna prend soin de bien ranger son chèque (imaginez qu'il finisse dans un collage!) et place sur la table des feuilles de papier de bricolage géantes, de la colle et des pinceaux, laissant les enfants donner libre cours à leur imagination.

Bientôt, c'est déjà l'heure de dîner, et une fois que les marmots ont rempli leur petit ventre de fruits, de sandwichs et de croustilles, il est l'heure pour certains d'entre eux d'aller à leur leçon.

— J'aimerais que tu emmènes Noémie, Nicolas,

Samuel, Nellie et Alice. Tu sais où est le lieu de rencontre, n'est-ce pas? demande Chloé en laissant tomber un énorme tas de vêtements d'hiver sur la table au milieu de la pièce.

Savanna sourit, se rappelant les dizaines de fois où, avant ses propres leçons quand elle était petite, elle a rejoint ses premiers moniteurs sous le symbole rouge avec la cloche en laiton.

— Bien sûr, répond-elle en fouillant parmi les habits de neige et articles en laine polaire, entamant le laborieux processus qui consiste à habiller les enfants.

Quinze minutes plus tard, elle attache la dernière botte de ski et met un casque sur la dernière petite tête.

— Venez, mes petits champions! dit-elle. Allons dehors avant que vous surchauffiez.

Ils traversent péniblement la cafétéria du chalet principal et sortent sous le soleil d'hiver. Ils sont à peine arrivés au lieu de rencontre que Noémie tire la main de Savanna.

— J'ai envie, murmure-t-elle en essayant de croiser les jambes dans sa salopette rose. C'est urgent.

Savanna repère rapidement le moniteur du groupe et l'informe qu'elle sera de retour dans quelques minutes avec la cinquième élève du groupe.

— Viens, dit-elle à la fillette en la prenant par la main.

Se déplaçant aussi vite que possible avec sa botte de marche, Savanna se dirige vers les toilettes les plus proches, qui lui semblent soudain bien loin.

— Je ne peux plus me retenir! dit Noémie au moment où Savanna la pousse doucement dans une cabine et ferme la porte.

Au bout de quelques secondes de silence, la petite voix de Noémie lui parvient de l'autre côté de la porte.

— Il faut que tu m'aides.

Se sentant idiote d'avoir présumé qu'une fillette de quatre ans pouvait s'extirper seule de son habit de neige quand elle a une envie pressante, Savanna ouvre la porte. La dernière chose dont elle a envie, c'est d'essuyer une mare de pipi sur le plancher des toilettes! Elle s'accroupit, enlève les mitaines de Noémie, défait la fermeture éclair de son manteau et détache sa salopette.

— Merci, dit Noémie en baissant son pantalon et son caleçon long avant de se hisser sur le siège.

En regardant la petite fille tendre la main vers le rouleau de papier, Savanna n'en revient pas de se trouver dans une cabine de toilette avec une gamine de quatre ans le jour de son treizième anniversaire. Encore plus étonnant, elle se rend compte qu'elle sourit. Jusqu'à maintenant, le point culminant de son anniversaire est d'avoir aidé quelqu'un à aller aux toilettes.

— Il n'y a pas de quoi, répond-elle, sincère.

Une fois que Noémie est rhabillée, Savanna la raccompagne dehors pour la conduire à sa leçon. Le soleil brille, et la température est juste assez élevée pour ramollir un peu la neige, sans pour autant la rendre semblable à de la purée de pommes de terre. Des arbres couverts de neige glacée parsèment la montagne, tout comme les anoraks aux couleurs vives des skieurs et des planchistes. Savanna prend une grande bouffée d'air vif et piquant et sourit à tout le monde.

— Regarde! s'écrie Noémie, le bras tendu. C'est l'une des amies de Frosty!

Savanna rit dans sa barbe en apercevant la dameuse géante.

— Tiens, tiens! s'émerveille-t-elle à son tour, le sourire aux lèvres.

Juste à cet instant, elle aperçoit aussi autre chose. Élisabeth et Léonie dévalent une pente. Elles ont fière allure, zigzaguant entre les autres planchistes et exécutant de beaux virages coupés. C'est incroyable de voir les progrès que Léonie a faits depuis le premier jour. Élisabeth, quant à elle, semble être née avec une planche dans les pieds! Savanna meurt d'envie de leur parler, de leur dire à quel point elles sont belles à voir sur les pentes. Elle veut leur dire qu'elle n'est plus fâchée, qu'elle passe une belle journée d'anniversaire, et qu'elle a enfin assez d'argent pour s'offrir la planche de ses rêves! Elle est convaincue que ses amies lui réservent des câlins géants pour sa fête, de même que des excuses.

Savanna s'apprête à lever le bras pour les saluer lorsqu'elles freinent brusquement à côté d'Éric, qui se tient près du télésiège. Savanna ne l'avait pas vu.

— Hé, Championne!

Éric sourit et donne une tape dans le dos d'Élisabeth.

Savanna fait la grimace. Éric a trouvé un surnom pour Élisabeth. Son cœur se serre douloureusement tandis qu'elle voit les trois amis se blottir les uns contre les autres comme de bons larrons partageant un secret. Ils se disent probablement à quel point ils ont de la chance qu'elle ne soit pas là pour les ennuyer avec ses conseils et ses figures. Et faut-il vraiment qu'Éric laisse sa main sur l'épaule d'Élisabeth?

Instantanément, les mauvais sentiments reviennent en force, et Savanna a l'impression d'être submergée par la tristesse et la colère pour la centième fois. Se détournant aussitôt et poussant légèrement Noémie vers les autres enfants de son groupe, Savanna garde le dos tourné à ses anciens amis, s'efforçant de faire comme si elle ne les avait pas vus.

# Chapitre 11

# Le rêve brisé

Prenant appui sur ses bâtons, le moniteur se penche et observe les cinq bambins dont il est responsable. Un large sourire s'épanouit sur son visage.

— Qui veut monter sur un tapis volant? demande-t-il.

Quatre des enfants poussent des cris aigus et commencent à faire glisser leurs petits skis sur la neige, se dirigeant vers le tapis noir qui les transportera en haut de la pente peu prononcée. Nerveuse, Noémie serre fort la main de Savanna, qui ne demande pas mieux. Après avoir vu Léonie et Élisabeth échanger des confidences avec Éric, elle aussi a besoin qu'on lui tienne la main.

— Et si je tombe? demande Noémie d'un ton gémissant.

— La neige n'est pas très dure, la rassure Savanna.

Elle espère que la fillette ne lui fera pas remarquer que c'est en tombant sur de la neige « pas très dure » qu'elle s'est cassé la cheville.

— Mais si je tombe en bas du tapis pendant qu'il vole? insiste Noémie d'une toute petite voix.

En voyant l'expression grave sur le minois de la fillette, Savanna se retient pour ne pas éclater de rire. Noémie a réellement peur, et elle a aussi beaucoup d'imagination!

— On l'appelle le « tapis volant », mais ce n'est qu'un long morceau de caoutchouc entraîné par des rouleaux sur le sol. Il ne s'envolera pas, je te le promets!

Savanna sent la menotte crispée se détendre dans sa mitaine, et elle presse Noémie de suivre les autres en direction du tapis roulant. Elle reste là, agitant la main jusqu'au moment où ils commencent à monter, puis se détourne lentement. Ses amis ont disparu, et Savanna se demande ce qu'elle trouve le plus difficile : voir ses amis si complices, la main d'Éric sur le bras d'Élisabeth… ou le fait de ne pas les voir du tout. Elle soupçonne qu'ils l'ont aperçue et qu'ils sont allés ailleurs pour parler derrière son dos. Ils doivent se dire qu'elle a été stupide de vouloir les épater, et que tous ses nouveaux amis sont hauts comme trois pommes et âgés d'à peine cinq ans. C'est difficile, même pour Savanna, de croire qu'elle a déjà été l'une des meilleures sur ces pentes. Elle a l'impression d'être un tas de neige sale que quelqu'un a secoué de sous sa botte dans le stationnement.

*Cesse de t'apitoyer sur toi-même,* se dit-elle en regrettant de ne pas pouvoir oublier tout ça. Elle enfouit ses mains dans ses poches et touche la liasse de billets qu'elle a sortie de son tiroir ce matin. Tout à coup, elle sait ce qui lui remontera le moral. Chloé l'attend sûrement à la garderie, mais un petit détour par la boutique sera sans conséquence. Elle espère qu'un cadeau (même un cadeau qu'elle s'achète elle-même) donnera un petit air de fête à cette journée jusqu'ici tristement ordinaire.

En sautillant légèrement chaque fois qu'elle fait porter son poids sur sa cheville indemne, Savanna peut marcher à une vitesse décente, surtout une fois qu'elle n'est plus sur la neige. Elle gravit péniblement la colline, emprunte le trottoir en planches et entre dans la boutique où grouille une foule de skieurs venus faire des achats à l'heure du dîner. Elle cherche Hector du regard et l'aperçoit en train de sortir d'énormes lunettes de soleil d'une vitrine pour une femme toute vêtue de blanc; elle porte de grosses bottes blanches à longs poils. La cliente semble assez exigeante, et Savanna conclut qu'Hector en aura pour un moment.

— Je peux t'aider? demande un autre employé de la boutique en lui souriant.

— Euh, oui. Je voudrais…

Savanna s'arrête. La main qu'elle s'apprêtait à lever retombe le long de son corps. Sa bouche devient sèche. Le mur derrière le comptoir en bois, là où sa planche est habituellement accrochée, est vide. La planche Burton vert clair, la planche de ses rêves, n'est plus là. Savanna regarde désespérément autour d'elle, jetant un coup d'œil sur tous les autres murs. Sa planche est introuvable.

— Oui?

Le commis, l'un des rares employés de la boutique que Savanna n'a jamais vu auparavant, la regarde avec l'air d'attendre quelque chose.

— Avez-vous vu la planche qui était juste là?

Elle continue de scruter les murs en s'efforçant de demeurer calme. Peut-être que quelqu'un l'a fait descendre pour l'examiner.

Le commis gratte son menton mal rasé.

— Oui, je crois qu'elle était verte, c'est ça?

— Oui. Vert clair, précise Savanna. C'est une Burton. Le modèle de l'année. Vous n'en aviez qu'une seule comme ça. L'avez-vous changée de place?

— Hum… je ne crois pas, répond-il lentement. Hec, sais-tu où est passée la Burton? crie Menton-Poilu d'un bout à l'autre de la boutique.

Hector lève les yeux, toujours accroupi derrière la vitrine de lunettes de soleil. Une dizaine de paires de lunettes reposent déjà sur la surface en verre, ce qui n'empêche pas la dame en blanc d'en désigner une nouvelle.

— On l'a vendue, lance Hector. Il y a juste un petit moment.

Il aperçoit Savanna en se relevant, et son expression change. Son regard s'adoucit, et il sourit faiblement.

— Désolé, ma puce. Un type l'a achetée, dit-il doucement. Mais on a bien d'autres belles planches ici.

Savanna est sans voix. Ses doigts se referment sur

la liasse de billets dans sa poche. Elle a la gorge nouée.

— Pas de problème, dit-elle d'une voix entrecoupée.

— On pourrait faire une commande spéciale, ajoute le commis. On l'aurait dans, quoi... cinq semaines?

Cinq semaines, c'est une éternité. On sera presque en avril à ce moment-là! Savanna secoue la tête et se mordille la lèvre. Elle doit faire une croix sur son rêve, elle qui voulait se gâter pour son anniversaire et acheter la planche avant la fin de saison. Elle quitte la boutique en boitant sans même dire au revoir.

Si elle n'avait pas déjà une jambe blessée, Savanna donnerait un coup de pied dans le mur. C'est tellement injuste! Cet anniversaire était censé être inoubliable! Sans compter que c'était probablement sa seule occasion de passer la semaine de relâche ici avec ses amies. Et maintenant? Elle a déjà dû renoncer au ski, à la planche à neige et au patinage. Envolé, ce sentiment d'ivresse qui la gagne au sommet de la montagne. Envolé, le plaisir de passer du temps au soleil avec ses amis. De toute façon, ceux-ci l'ont déjà oubliée. Et pour comble de malheur, la planche à neige de ses rêves appartient maintenant à quelqu'un d'autre. Même sa réputation est ternie.

Savanna voudrait se jeter dans un banc de neige et bouder jusqu'à ce que son anniversaire soit passé ou sa figure gelée, peu importe. Malheureusement, Chloé et une dizaine de gamins aux mains collantes l'attendent toujours. N'ayant pas d'autre choix, elle se dirige vers la garderie d'un air abattu.

Chapitre 12

# La magie
# du vendredi soir

Au moment où le dernier parent vient chercher son enfant, le moral de Savanna est au plus bas. Tandis qu'elle avance clopin-clopant jusqu'à l'arrêt de la navette, seule et fatiguée, elle est convaincue que personne dans l'histoire de la famille Hébert n'a jamais connu un anniversaire aussi lamentable que celui qu'elle vit aujourd'hui. *Tu peux te réjouir, au moins,* se dit-elle. *Tu es la meilleure pour ce qui est d'être nulle.*

Au dîner, l'un des petits a renversé sa boisson partout sur son plâtre, et la colle s'est dissoute. Maintenant tachés de punch aux fruits tropicaux, des lambeaux de ses paysages hivernaux préférés tombent dans la neige d'un blanc sale lorsqu'elle marche.

Pour l'instant, se dit Savanna, la meilleure chose à faire, la *seule* chose à faire… c'est d'oublier que c'est son anniversaire. D'ailleurs, c'est ce que tout le monde a fait! L'année prochaine, quand sa cheville sera complètement guérie, elle pourra se reprendre. Cette pensée ne lui est pas d'un grand réconfort.

L'arrêt de la navette est désert, et Savanna s'assoit sur le banc. Le froid du siège la saisit. Elle se sent plus fatiguée encore qu'après tout une journée passée sur la demi-lune. Elle ne sait pas ce qui l'a épuisée le plus : les enfants ou la déception. Peu importe, elle est impatiente de prendre une douche chaude (avec sa jambe bien au sec dans un sac à ordures) et de se glisser sous les couvertures.

La navette vient de s'arrêter dans un sifflement lorsqu'elle entend des voix derrière elle.

— Savanna!

C'est Élisabeth.

— Savanna!

Et Léonie.

— Attends!

— Ne monte pas dans cette navette!

Cette dernière requête paraît un peu désespérée.

Savanna est tentée de monter quand même et de faire semblant de n'avoir rien entendu. Mais ses amies l'ont presque rejointe, et ce n'est pas comme si elle pouvait se sauver à toute vitesse. Elle fait donc signe au chauffeur de continuer sa route et se tourne vers Léonie et Élisabeth. Elles sont toutes rouges et essoufflées.

— Ça, par exemple! C'est pénible de courir avec des bottes de planche à neige! s'exclame Élisabeth d'une voix rauque en se penchant pour se frotter la jambe. Je crois que je me suis fait une entorse au tibia.

— On ne peut pas se faire d'entorse au tibia, observe Léonie en lui donnant une claque amicale. Allez. Dis-lui.

Léonie et Élisabeth affichent un grand sourire lorsqu'elles s'approchent en faisant crisser la neige sous leurs pas.

— Dis-lui, toi, insiste Élisabeth.

Savanna voit bien qu'il se passe quelque chose. Élisabeth aime bien tout raconter, et si elle craque autant pour Éric que son attitude le laisse croire, cela n'a pas de sens qu'elle n'ait pas envie de le claironner sur tous les toits. N'empêche que Savanna n'aurait jamais cru que ses amies prendraient autant plaisir à lui enlever ses illusions. Elle commence à regretter de ne pas être montée dans la navette.

— Quoi? demande Savanna, les mains sur les hanches. Tu m'as poursuivie jusqu'ici pour me faire part de tes projets avec Éric ce soir, *Championne?*

— Je t'avais dit qu'elle le savait! lâche Élisabeth.

Cette fois, c'est elle qui donne une petite claque à Léonie.

Mais cette dernière l'ignore. Elle écarquille ses grands yeux et repousse ses cheveux.

— Savanna, on t'a cherchée partout, dit-elle en s'approchant encore davantage.

Elle donne le bras à Savanna et l'entraîne loin de l'abribus.

— On a besoin de toi.

Élisabeth lui prend l'autre bras. Elle est prise au

piège. Les filles ont quelque chose en tête, et c'est évident qu'elles ont complètement oublié son anniversaire.

— Ça ne prendra qu'une minute, ajoute Élisabeth alors qu'elles contournent le chalet principal.

Au pied du télésiège dans lequel elles sont montées le premier jour, se trouve une petite cabane utilisée par les pisteurs secouristes. C'est là qu'ils rangent leur équipement ainsi que la radio principale afin de pouvoir rapporter ce qui se passe partout sur la montagne. Savanna y est entrée plusieurs fois avec sa tante et, pendant une seconde, elle se dit que Lily s'est peut-être souvenue de son anniversaire et qu'elle a demandé à ses amies d'aller la chercher.

Mais lorsque la porte de la cabane s'ouvre, Lily n'est pas là. C'est plutôt Éric qui sort et s'appuie contre le montant. Son sourire de travers et son attitude détendue sont revenus.

— Hé, Moustique, que dirais-tu d'une descente? demande-t-il d'un ton désinvolte en regardant Savanna droit dans les yeux.

Cette dernière le regarde comme s'il avait subi trop d'engelures au cerveau, désigne son plâtre encombrant et hausse les sourcils. Sans un mot, Éric indique la motoneige garée à côté de la cabane. Attaché derrière le petit véhicule se trouve un toboggan du même type que celui dans lequel Savanna a été transportée sur les pentes après son accident.

— La montagne s'ennuie de toi, dit-il en haussant

les épaules. Et moi aussi.

Il agite un jeu de clés.

— Prête?

Savanna hésite.

— Tu es sûr que tu ne veux pas emmener *Championne?* demande-t-elle d'un ton plein de sous-entendus.

Elle est encore amère.

Éric rit.

— Elle est championne pour tomber, je suis d'accord là-dessus. Mais comme planchiste, elle ne t'arrive pas à la cheville. Sans vouloir te vexer, ajoute-t-il en jetant un regard vers Élisabeth.

— Il n'y a pas de mal! répond celle-ci avec un grand sourire. Nous savons tous que Moustique est une vraie pro… quand elle n'est pas dans le plâtre. Maintenant, monte. Ton carrosse t'attend.

Léonie pousse doucement Savanna qui fait un pas sur vers le… euh… carrosse.

— Allez, la presse Léonie. Comme ma meilleure amie me l'a dit un jour : « On ne peut pas descendre sans monter. »

Il semble s'être écoulé un million d'années depuis que Savanna encourageait Léonie à monter dans le télésiège. Était-ce il y a quelques jours seulement?

Sans ajouter un mot, Savanna s'assoit dans le toboggan pendant qu'Éric glisse la clé dans le contact. Dès qu'elle est installée, il fait ronfler le moteur.

— On se revoit en haut! lance Léonie.

Éric avance lentement en décrivant un cercle, puis il accélère en grimpant dans la montagne. Léonie et Élisabeth mettent leur équipement et se dirigent rapidement vers le télésiège.

Soulagée de porter plusieurs épaisseurs de vêtements ainsi que sa confortable tuque en polar, Savanna regarde ses amies devenir de plus en plus petites à mesure que le toboggan gravit la montagne en faisant de petits bonds. Plus d'une fois, elle se réjouit d'avoir des courroies de sécurité qui la maintiennent en place. Elle adore la vitesse, mais pas quand elle est allongée!

La lumière change sur les flancs des collines blanches, et lorsqu'ils atteignent le sommet de la pente et qu'Éric éteint le moteur de la motoneige, Savanna constate que le soleil va bientôt se coucher. La grosse boule orangée illumine les pentes et transforme les arbres en silhouettes indistinctes avant de disparaître, ne laissant qu'une lueur derrière la chaîne de montagnes blanches. La vue est absolument époustouflante.

— Bon anniversaire, Savanna, dit Éric doucement.

Il est descendu de la motoneige et s'est accroupi près d'elle dans la neige. C'est la première fois depuis des siècles qu'il l'appelle par son prénom.

Léonie et Élisabeth les rejoignent avant que la dernière lueur orangée n'ait disparu. Léonie sort de son sac une bouteille isotherme remplie de chocolat chaud et en verse une tasse à chacun.

— Un toast en l'honneur de ton anniversaire! dit-elle en levant sa tasse bien haut.

— Au revoir 12, et bienvenue 13! ajoute Élisabeth en renversant un peu de liquide chaud sur la neige.

Éric aide Savanna à sortir du toboggan. Elle a le derrière gelé, mais elle s'en moque. Elle lève sa tasse et trinque avec ses amis.

— Alors, prête pour ta randonnée d'anniversaire jusqu'en bas? demandent Léonie et Élisabeth en même temps.

Savanna a la gorge nouée. La montée a été un peu éprouvante. Mais la descente dans le noir lui paraît... effrayante.

Juste à ce moment, les projecteurs pour le ski de soirée s'allument, et les haut-parleurs géants installés dans les arbres se mettent à cracher de la musique. Savanna avait presque oublié qu'il y a du ski de soirée certains vendredis. Pour l'occasion, la station du Bassin poudreux éclaire certaines pistes et illumine le site comme si c'était un arbre de Noël.

— Je peux prendre la relève, dit une voix.

Surgie de nulle part, Lily détache le toboggan fixé à la motoneige. Elle tend une main vers Éric pour qu'il lui donne les clés.

— Vous n'allez pas me lâcher jusqu'en bas, quand même? demande Savanna d'un ton un peu nerveux.

Elle s'imagine dévalant la pente dans le toboggan en métal, sans frein, fonçant à toute allure dans le chalet principal et ressortant de l'autre côté dans le stationnement, les étincelles jaillissant sous le traîneau qui dérape comme dans les dessins animés.

Éric se montre rassurant.

— Ne t'inquiète pas. Je serai ton chien de traîneau pour cette descente, dit-il en chaussant ses skis que Savanna n'avait pas vus jusqu'à cet instant.

Tout à coup, Élisabeth et Léonie détachent leurs planches et les remettent à sa tante pour qu'elle les emmène avec la motoneige. Elles s'assoient ensuite dans le toboggan, l'une devant, l'autre derrière, et réservent la place du milieu à Savanna.

— Personne ne devrait être seul le jour de son anniversaire, affirme Élisabeth tandis que Savanna se glisse entre elles.

L'air du soir refroidit rapidement, mais Savanna n'a pas eu aussi chaud de toute la journée. Éric saisit les poignées à l'avant du toboggan et commence à descendre lentement, le dirigeant à la manière des pisteurs secouristes.

La chanson qui résonnait dans les haut-parleurs prend fin, et une autre commence aussitôt. C'est l'une de ses préférées. Savanna la fredonne doucement, savourant l'instant présent. Élisabeth se joint d'abord à elle, puis Léonie en fait autant. Bientôt, ils chantent tous la ballade à tue-tête. Même Éric s'y met tout en serpentant lentement sur la piste, oubliant la vitesse et laissant les filles profiter au maximum de leur descente. Rien à voir avec la dernière descente de Savanna sur cette piste!

Lorsque la toute première étoile apparaît, scintillante, Savanna se sent privilégiée. C'est son anniversaire, bien sûr, mais il y a aussi ses amis, la chanson, la neige, le ciel… Et ça, c'est magique.

## Chapitre 13

# Surprise!

Lorsque le toboggan et ses passagers arrivent au bas de la montagne, Savanna aperçoit ses parents assis à la grande table près de la fenêtre de la salle à manger du chalet principal. Dirigeant le toboggan de façon experte jusque devant la porte, Éric l'immobilise doucement.

— Votre banquet d'anniversaire vous attend, reine Moustique, dit-il avec son sourire de travers.

Léonie et Élisabeth aident Savanna à se relever tandis qu'Éric ouvre galamment la porte. De l'autre côté de la vitre, des serpentins et des ballons sont suspendus au-dessus de la longue table où ses parents sont assis. Ces derniers lui adressent un large sourire.

— Joyeux anniversaire! s'écrient-ils lorsque les quatre amis entrent dans la salle à manger.

Savanna est à peine installée à la table que tout un groupe d'invités les rejoint : Chloé, Félix, Noémie, tante Lily et Hector. Elle se sent comme une princesse!

Félix grimpe aussitôt sur ses genoux.

— Bon anniversaire, murmure-t-il en sortant de sa poche une carte qu'il a lui-même fabriquée.

Le dessus de la carte est en fait un collage illustrant différentes scènes hivernales. À l'intérieur, Félix a tracé d'une écriture maladroite **BON ANNIVERSAIRE SAVANNA** avant de signer son prénom.

— Je l'adore, déclare Savanna en le serrant contre elle.

Félix lève vers elle un visage rayonnant.

— Je t'adore, murmure-t-il.

Il se laisse glisser par terre et va s'asseoir entre Chloé et Noémie.

*Ça alors,* pense Savanna en riant. *C'est la première fois qu'un garçon mignon comme tout me dit qu'il m'adore… le jour de mon anniversaire, en plus!*

— Qu'est-ce que mademoiselle désire manger? demande le père de Savanna en parcourant le menu.

Elle sait exactement ce qu'elle veut.

— Je prends la fondue! Et je partagerai avec ceux qui en voudront. Oh, et du homard! ajoute-t-elle, sachant bien que son père ne lui refusera pas cette gâterie ce soir.

— Avec des frites! dit Noémie, ce qui fait rire tout le monde.

Il règne un joyeux désordre durant le souper, et Savanna se surprend à regarder autour d'elle plus d'une fois pendant le repas. Tout le monde est là : sa famille, ses amis (anciens et nouveaux, grands et petits). Et c'est pour elle qu'ils sont tous là. Ce sera une soirée mémorable.

Tous mangent avec appétit, surtout Savanna, qui

est convaincue que c'est le meilleur homard qu'elle ait jamais dégusté. Puis tout se passe comme dans une sorte de brouillard : la table est débarrassée et la serveuse apporte un énorme gâteau d'anniversaire vert clair et blanc illuminé par treize bougies. Constatant qu'il a la forme d'une planche à neige, Savanna sourit tristement malgré elle. Elle ne peut s'empêcher de penser que cette planche faite de farine et de sucre sera la seule qu'elle aura cette année.

Une fois qu'elle a soufflé les bougies (d'un seul coup), des morceaux de gâteau au chocolat sont servis avec de la crème glacée à la vanille ou au café. En croquant dans le bout de la planche en gâteau, Savanna fait des adieux silencieux à la planche de ses rêves. Cette journée d'anniversaire a mal commencé, mais se termine de belle façon, et elle ne veut pas tout gâcher.

— Tout va bien, ma chérie? demande son père en se penchant vers elle de l'autre côté de la table.

Savanna sourit. Elle s'en veut d'avoir tant pleuré sur son sort, elle qui a des gens formidables dans sa vie et qui est tellement choyée.

— Tout va très bien, papa, répond-elle.

Du coin de l'œil, elle voit Hector prendre une dernière bouchée de gâteau, pousser sa chaise et quitter la salle à manger. Elle espère qu'il n'est pas parti sans lui dire au revoir.

— Tant mieux, dit M. Hébert. Je ne voudrais pas que ma fille soit triste le jour de son anniversaire.

Mais Savanna l'écoute à peine. Car aussi

117

soudainement qu'il est parti, Hector réapparaît avec un très gros paquet à la forme très intéressante enveloppé de papier kraft et orné d'un chou géant. Le sang de Savanna ne fait qu'un tour lorsqu'elle le voit venir vers elle. C'est impossible...

Hector appuie le paquet contre la fenêtre juste à côté de Savanna.

— Joyeux anniversaire, ma puce, dit-il en déposant un baiser sur sa joue.

Savanna fixe le paquet. Puis, d'un geste impulsif, elle déchire le papier. C'est sa superbe planche verte!

— Je n'arrive pas à le croire! s'écrie-t-elle en serrant la planche contre elle. Mais tu as dit que...

Les yeux d'Hector pétillent.

— Je t'ai dit qu'un type était venu l'acheter, confirme Hector. Ce que je ne t'ai pas dit, c'est que ce type était ton père!

— Bon anniversaire, Savanna! disent ses parents en chœur.

Savanna se lève tant bien que mal et se jette au cou de ses parents.

— Vous êtes absolument super! s'écrie-t-elle. Merci, merci beaucoup!

Chapitre 14

# Un anniversaire inoubliable

Savanna avale sa dernière bouchée de gâteau et de crème glacée et soupire de contentement. Ses amis, sa famille, le homard, le gâteau… et sa planche à neige! Elle est tellement heureuse qu'elle lui appartienne enfin que ça ne la dérange même pas de devoir attendre quelques semaines avant de pouvoir l'utiliser. Elle sait que ça vaut la peine d'attendre.

— Attention! dit Éric en contemplant la planche. Quand Moustique sera sur les pentes avec sa nouvelle Burton, plus rien ne pourra l'arrêter!

— Je te promets une descente d'enfer, ça, c'est certain, déclare Savanna en souriant.

— Je m'en réjouis d'avance, dit-il.

— Est-ce que tout s'est passé comme tu l'espérais? demande Élisabeth.

Elle termine sa boisson gazeuse et dépose son verre.

— Mieux encore! répond Savanna. D'autant plus

que...

Elle s'approche de ses amies. Ça lui semble plutôt ridicule maintenant.

— J'ai cru que tout le monde avait oublié.

Élisabeth et Léonie éclatent de rire.

— Oublié ton anniversaire? disent-elles avec un hoquet de stupeur. Savanna, on tient à la vie!

Savanna rigole avec elles. Elle comprend ce qu'elles ont voulu dire. Elle n'est pas exactement le genre de fille qui prend les anniversaires à la légère.

Soudain, Léonie redevient sérieuse.

— On est désolées de t'avoir caché tout ça, commence-t-elle d'un ton grave. Mais on tenait vraiment à ce que ce soit une surprise.

— Eh bien, c'est réussi, dit Savanna. J'étais tellement furieuse...

— Et maintenant? demande Élisabeth.

— Plus jamais je ne douterai de vous.

— Bien, dit Élisabeth en se levant. Car il y a encore autre chose...

— Quoi? s'exclame Savanna complètement abasourdie. Il y a autre chose?

— Effectivement, confirme Éric qui se lève et se dirige vers la porte.

Élisabeth et Léonie donnent le bras à Savanna et l'escortent à l'extérieur jusque devant la patinoire. Au début, elle ne comprend pas. Elle ne peut pas patiner! Elle aperçoit alors sur la glace le trône qui l'attend. En l'examinant de plus près, elle constate que ce n'est qu'une chaise en plastique empruntée à la cafétéria; mais elle est décorée de serpentins, de ballons et de guirlandes, et on a posé un coussin en velours sur le siège.

— Votre couronne, Majesté, dit Élisabeth en lui tendant une jolie parure de tête.

Celle-ci a été fabriquée à l'aide d'une délicate guirlande métallique fixée à une tuque ridicule de style chapeau de bouffon.

Savanna met la couronne sur sa tête et s'assoit sur la chaise.

— On ne fait peut-être pas des pirouettes aussi rapides que les tiennes, dit Léonie en se hâtant d'attacher ses patins, mais ça ne veut pas dire qu'on ne peut pas t'emmener en balade royale.

Lorsque tout le monde est bien chaussé, Éric commence à patiner. Il pousse Savanna en décrivant de grands cercles sur la glace tandis que les filles patinent de chaque côté d'elle. Savanna n'en revient pas de voir à quel point les pieds en métal de la chaise glissent bien sur la surface lisse. Elle a l'impression de flotter! Alors que Savanna et ses amis complètent leur premier tour de patinoire, Félix et Noémie sortent du chalet en courant, réclamant une promenade.

— Chacun votre tour, dit Savanna lorsque Noémie grimpe sur ses genoux.

Cette fois, c'est Léonie qui est aux commandes, et elle fait de larges zigzags partout sur la patinoire. Noémie glousse sans arrêt, serrant fermement les bras de Savanna. C'est ensuite au tour de Félix, et Élisabeth remplace Léonie. Lorsqu'ils reviennent à leur point de départ, Chloé est dehors, prête à raccompagner les bambins fatigués chez eux.

— Bonne nuit, Savanna! disent les petits.

Ils l'étreignent et agitent leurs petites mitaines pour la saluer.

— À demain! ajoutent-ils.

Savanna les salue de la main tandis qu'Éric la pousse au centre de la glace. Au moment où il s'immobilise et place la chaise de sorte que Savanna puisse contempler la montagne gelée, il commence à neiger. Des flocons géants tombent doucement du ciel obscur. Savanna lève les yeux vers le firmament d'hiver, renversant la tête pour admirer les magnifiques cristaux blancs qui flottent vers elle. Léonie et Élisabeth s'approchent, et ils regardent tous tomber la neige en silence. Savanna laisse quelques flocons gelés se poser sur sa langue et savoure leur fraîcheur glaciale. Il n'y a pas de doute : c'est le plus bel anniversaire qui soit!